望 公太
nozomi kota
イラスト／ぎうにう
giuniu
娘じゃなくて私《ママ》が好きなの!?
6
suki

MAMA SUKI!?

contents

デザイン●伸童舎

MAMA SUKI!?
Musume janakute
Mama ga
sukinano
!?

Happy Birthday
MAMA
MUSUME JANAKUTE MAMA GA SUKINANO!?

6
娘じゃなくて私《ママ》が好きなの!?
Musume janakute Mama ga sukinano!?
望 公太
nozomi kota
イラスト／ぎうにう
giuniu

プロローグ

その日のことは今でもよく覚えている。

新たなる命が、この世に誕生した日。

生命の神秘を目《ま》の当《あ》たりにし、命の尊さを実感した日。

と言っても、産んだのは私じゃないんだけれど——

「——お姉ちゃん！」

今となってはもう、十五年も前の話。

当時まだ学生だった私は、電話を受けた後、学校から大急ぎでお姉ちゃんが入院している産婦人科クリニックへと向かった。

勢いよく病室のドアを開くと、

「あら、綾子《あやこ》」

入院着に身を包んだお姉ちゃんが、ベッドで横になっていた。

私を見て体を起こそうとするけど、慌てて止める。

「あぁっ、いいから！　寝てて寝てて。疲れてるんでしょ？」

「……じゃあ、お言葉に甘えて。早かったわね」

「学校終わってからすっ飛んで来たの」

「そんなに急がなくてよかったのに」

「そうもいかないでしょ」

　やや疲労感が滲《にじ》む表情ではあったけど、お姉ちゃんはいつもの柔和な笑みを浮かべている。よかった。母子共に健康ということはお母さんから電話で聞いていたけど、こうして顔を見ると改めてホッとする。

　鳰崎美和子《におざきみわこ》。

　私、歌枕綾子《かつらぎあやこ》の実姉。

　去年結婚して、名字が『歌枕《かつらぎ》』から『鳰崎《におざき》』へと変わった。

　しばらくは二人きりの新婚生活を楽しみたいとかなんとか言ってたくせに、ほんの数ヶ月でお姉ちゃんは新たな命をその身に宿し——そして本日。

　我が姉は、出産という一つの戦いを無事に終えたのだった。

「……わあっ」

　ベッドのすぐ横。

　キャスター付きの新生児用ベッドがあり、透明な籠みたいなケースの中には——白い肌着に包まれた赤ちゃんがいた。

　しわくちゃな顔。

小さな小さな手。

顔を動かすたびに揺れる、羽根みたいにフワフワとした髪の毛。

きょとんとした目でこっちを見たりあっちを見たり。

その愛くるしい姿は私の心を鷲掴《わしづか》みにした。

「か、かわいい〜っ！」

なにこれ⁉

めっちゃかわいい！

こんなかわいい生き物がこの世に存在していいの⁉

「わぁ……全部が小っちゃぁい。かわいい、かわいいしか言えない」

「ふふっ。ちょっとは落ち着きなさいよ」

「あっ、そういえば性別は？」

「女の子だったわ。エコー検査での予想通り」

「女の子かあ。確かにかわいい顔してるもんね。ああ、この辺の目の感じとかお姉ちゃんに似てるんじゃない？」

「生まれたてはみんな同じ顔よ」

興奮しっぱなしの私と、苦笑するお姉ちゃん。

「ねえ、お姉ちゃん……だ、抱っこしていい？」

「どうぞ。首、据わってないから気をつけてね」

「わ、わかってる……」

恐る恐る手を伸ばす。

抱き方は事前に予習済み。

首が後ろに倒れないように気をつけながらそっと持ち上げると、幸い泣かれるようなこともなく、どうにか抱っこに成功した。

最初は――軽い、と思った。

小さな小さな赤ちゃんは、本当に軽かった。

人間一人がこんな重さなんて信じられない。

でも徐々に、腕の中でその重みを実感する。

重い。

人間一人の、命の重さ。

お姉ちゃんが十月十日《とつきとおか》、お腹《なか》の中で育み続けてきた命――

「どうしたの？」

「……いや、なんだか信じられなくて。この子、ほんの数時間前までお姉ちゃんのお腹《なか》の中にいたのよね」

「そうよ。私が……死にそうな思いでさっき産んだのよ」

表情に滲《にじ》む疲労が一気に濃くなった。

「や、やっぱりしんどかった？」

「しんどかったっていうか……エグかったわ」

「エグかった⁉」

「痛いしキツいし、なにもかもがエグかったわ……。これはもう、経験した人にしかわからない苦しみだわ……。陣痛は地獄の痛みが延々と続くし……あと、思い切り切られたし」

「き、切られた⁉」

「会陰《えいん》切開って言ってね……。赤ん坊が出やすくするように、予《あらかじ》め出口を切開することがあるのよ。無理に産もうとして裂けるより、先に切った方が治りが早いんですって。でもまさか……ハサミみたいなもので麻酔もなくバツバツ切られるとは思わなかったわ……」

「ひ、ひぃい……」

「『痛みは感じない』って言われて、確かに切るときは大丈夫だったんだけど……その後の縫合が痛かった……。そして今も縫ったとこめっちゃ痛い……」

死にそうな顔で言うお姉ちゃん。傷の痛みを想像しただけで……私は思わず内股になってしまった。

「……で、でもほら、鳰崎《におざき》さん、会社休んで立ち会ってくれたんでしょ？　旦那さんが一緒にいてくれたなら、心強かったんじゃ……」

「それはありがたかったけど……実際問題、旦那なんて出産に立ち会ったところでなんの役にも立たないわよね。こっちは死にそうで余裕ないから、なに言われても『他人事《ひとごと》みたいに言いやがって』って思っちゃうし、マッサージ頼んでもポイントがズレてるし、産んだ直後に、こっちはノーメイクでボロボロなのにカメラ向けてくるし……」

「う、うわあ……」

普段は優しくて穏やかなお姉ちゃんが結構やさぐれている。

恐るべし、出産。

幸せなだけじゃない。

命がけで命を産む、一つの死闘なのだろう。

「……でもね」

一息ついた後、お姉ちゃんは言う。

穏やかな視線を、私が抱っこした赤ん坊に向けて。

「どんなに痛くてもどんなに苦しくても……この子の顔見たら、全部が愛おしくなってくるから不思議よね」

「お姉ちゃん……」

至福そうな笑みに、私も心が温かくなる。

出産は命がけの死闘。

幸せなだけじゃない。

でも――幸せなことであるのは間違いない。

「あっ。そうだ、名前は？　もう決めた？」

「そこに書いてあるわよ」

お姉ちゃんはそう言って、病室の角にあるテーブルを指した。

そこには命名紙があり、筆ペンでこう書かれている。

『美羽《みう》』、と――

「……美羽《みう》、で合ってる？」

「合ってる。美しい羽って書いて、美羽《みう》」

「……へぇー、かわいい名前だね。そうか、美羽《みう》ちゃんかぁー。美羽《みう》ちゃん、美羽《みう》ちゃーん。

私は綾子《あやこ》オバちゃんでちゅよー」

私は改めて腕の中の赤ん坊――美羽《みう》ちゃんを見つめた。

呼びかけても当然ながら反応はない。

きょとんとした顔のまま。

「名前、お姉ちゃんが考えたの？」

「そうよ。男だったら彼が、女だったら私が考える約束だったから」

「なにか由来とかあるの？　こういう子に育ってほしいとか」

「一応、あるわ」

「なになに？　教えて教えて」

「ふふ。それはね――」

とても嬉《うれ》しそうな顔で、しかし同時になにか悪巧みをした子供みたいに無邪気な顔で、お姉ちゃんは子供に与えた名前の由来を語った。

それは正直……ちょっと拍子抜けするような話だった。

でも、お姉ちゃんらしいとも思った。

こんな風に子供の名前を考えられる人ならば、きっといい母親になるだろうと、なんとなくそう思った。

この子を、美羽《みう》を立派に育てていけると、確信に近いものを感じた。

第一章
浴室と熱夜

♥

私、歌枕綾子《かつらぎあやこ》、三ピー歳。

事故で亡《な》くなった姉夫婦の子供を引き取ってから、早十年。

来月の誕生日では、とうとう三ピー歳となってしまう。

将来は娘がお隣のタッくんと結婚したら嬉《うれ》しいなあ、なんて思いながら日々を過ごしていたら——ある日突然、その彼から告白されてしまう。

娘じゃなくて私が好きだ、と。

驚天動地。

びっくり仰天。

そんな超展開から数ヶ月、私達は紆余《うよ》曲折《きよくせつ》を経て交際することになり、そしてさらに紆余《うよ》曲折《きよくせつ》を経て、なんと今は東京で同棲《どうせい》生活を送っている。

三ヶ月という、期間限定の生活。

私は担当作のアニメ関係の仕事をこなすため。

タッくんはインターンをするため。

それぞれちゃんと目的と理由がある。

決して遊びの同棲《どうせい》ではない……のだけれど。

やはり浮かれる気持ちを抑えきることはできなかった。

付き合った直後、一番楽しい時期の同棲《どうせい》生活。

そんなの……嬉《うれ》しくないわけがない！

朝から晩までずーっと恋人と一緒……なにそれ。幸せすぎるんだけど。

しかし、とは言え。

本当にずっと幸せの絶頂のままだったかと言えばそんなこともなく、タッくんのインターン先には、思いがけない人物がいた。

愛宕有紗《おだきありさ》さん。

彼女は今時のかわいらしい大学生で、高校時代はタッくんのクラスメイト。

そしてなんと——恋人のフリをしていた時期があり、しかも告白してフラれた過去まであると言う。

強力な恋のライバルの出現に、私は一度は怯《ひる》みながらも必死に己を奮い立たせ、彼女と戦う覚悟を決めた。

ドロドロの三角関係になろうと、引かぬ媚《こ》びぬ顧みぬ！

タッくんは絶対に渡さない！

新章『偽《にせ》元カノ激闘編』が幕を開ける——のかと思いきや。

有紗《ありさ》さんには、今普通に彼氏がいるらしい。

タッくんのことは好きだったけど、別に引きずってはいないとのこと。

全ては私の独り相撲。

新章は始まらなかった。

――いや。

ある意味では、新章は始まるのかもしれない。

有紗《ありさ》さんとの対峙《たいじ》を経て、私達二人は改めて自分達の関係を見つめ直し、また少し距離を縮めたように思う。

そうやって距離を縮めていけばいくほど、心と体が近くなればなるほど……向き合わなければならない問題がある。

ずっと目を逸《そ》らしていたことを、しっかり見つめなければならない。

私はもう子供じゃない。

そして彼だって、少年じゃない。

成人済みカップルが一つ屋根の下で同棲《どうせい》生活。

となれば、いつまでも逃げてはいられないだろう。

クリアしなければいけない課題がある。

少年ならば気にしなくていいようなこと。

少年誌ならば描かなくてもいいようなこと。

でも大人である私達は、いつまでも目を背けるわけにはいかない。

私達の関係を、一歩先へと進めなければならない。

ああ――いや。

こんな風に言っちゃうと語弊があるかもしれない。

なにも義務感や責任感で言っているわけじゃない。

『～でなければならない』『～しないといけない』みたいな感情で動いているわけじゃない。

私が。

他でもない私自身が、もっともっと彼に近づきたくてたまらないのだから――


「――心の準備なら、私、できてるわよ」

私は言った。

言った。

言ってしまった。

後戻りできなくなる一言を、とうとう口に出してしまった。

声は震えてしまったけれど、お風呂《ふろ》場では小さな声でも嫌になるぐらいに響いて再び自分の耳に入ってくる。

心臓は驚くほど高鳴り、今にも破裂してしまいそう。

「あ、綾子《あやこ》さん……」

タッくんもまた、緊張で上擦った声で返してくる。

その姿は――素《す》っ裸《ぱだか》。

そりゃそうだろう。

彼がお風呂《ふろ》に入っているタイミングで、私が勝手に乗り込んできたんだから。

座っていたタッくんは慌てて股間にタオルを置いたけれど、体を隠すものは本当にそれだけ。

私の方も――体にバスタオルを巻いただけの姿。

布一枚の下は、下着すら纏《まと》わぬ裸の状態。

彼も私も、狭い密室の中で、ほとんど裸と変わらない格好――

「…………っ」

うう、どうしよう。

改めて意識すると、とんでもなく恥ずかしくなってくる。

だ、大丈夫よね？

タッくん、ドン引きしてないわよね⁉　ああっ、やっぱり一気に攻めすぎたかしら？　いきなりお風呂《ふろ》に突撃するなんて、いくらなんでも大胆すぎ？　痴女だって思われたらどうしよう？『やっぱり三十超えた女は性欲がすごいな』とか思われちゃったらどうしよう……!?

でも。

だって。

このぐらい思い切った一歩じゃないと、きっと踏み出せなかったから。

アクセルを踏み抜くぐらいの勢いをつけないと、自分を背水の陣に追い込むような一歩じゃないと、ヘタレな私はきっと踏み出せなかった――

『――ちゃんと待ちますよ。綾子《あやこ》さんの心の準備ができるまで』

同棲《どうせい》初日の夜。

初夜に緊張する私に向け、彼はそんなことを言った。

私を思いやってくれる優しさはとても嬉《うれ》しかったし、大切にされてることを実感して感激したけれど――しかし同時にもどかしく、歯痒《はがゆ》くもあった。

え？

私、心の準備ができたら自分から言わなきゃなの？

『準備できたよ』って？

それ、めっちゃハードル高くない？

タッくんは待ちの姿勢？

とか、ちょっと思ってしまった。

けれど……そんな風に感じたのは、他ならぬ私自身が受け身の姿勢だったからなのかもしれない。

もう——受け身はやめよう。

告白されてから付き合うまでの間、私はずぅーと受け身でグダグダしてたんだから、これ以上私が待ちに回るわけにはいかない。

だから、思い切って一歩踏み出す。

一歩には足りないかもしれないけど、それでも勇気を振り絞って。

半歩でもいいから、私から積極的に——

「……洗ってくわね」

様々な思いを胸に抱きながら、私はタッくんの肩越しに手を伸ばす。鏡の前のボディソープを数回プッシュし、両手で泡立てる。

そして——泡まみれの手で彼の背に触れた。

「……っ」

ビクン、とタッくんの体が小さく震えた。

手のひらに相手の体温が伝わってきて、顔が一気に熱くなる。

「直接、なんですね」

「う、うん。嫌だった?」

「嫌じゃないです。むしろ……あ、いや……」

途切れ途切れの会話をしつつ、私は手を滑らせて手で背中を洗う。

ニュルニュル、と。

泡で撫《な》で回《まわ》すように洗っていると、彼の体の形がよくわかった。皮膚も筋肉も体温も、なにもかもが直接手のひらに伝わってくる。

「ど、どうかしら……？　力加減とか大丈夫？」

「いい感じです。な、なんていうか……気持ちいいです」

「き、気持ちいいの？」

「いや、その……どう言ったらいいのかわからないんですけど……すごく、幸せな気持ちです。こうやって綾子《あやこ》さんに背中洗ってもらえるなんて」

「そ、そんな……。もう、大げさなんだから」

どんどん体が熱くなるような気がした。

自分とはまるで違う、男らしい彼の背中。

ああ、すごい。

こんな風にじっくり男の人の背中を見たのなんて、生まれて初めて——

「タッくんの背中……やっぱり大きいわね」

「そうですか？」

「肩幅も広くてがっちりしてて、男の背中って感じがする。肌もすごく張りがあるし……え？

嘘《うそ》っ。な、なにこの脇腹……⁉」

愕然《がくぜん》とする。

背中から脇腹へと移動した手に、ありえない感触があった。

「か、硬い！　脇腹なのに硬いわっ⁉」

「……え？」

「嘘《うそ》でしょ……！　脇腹が全然プニプニしてないなんて……！　皮膚と筋肉しかない……！

こ、これが鍛えてる二十歳《はたち》の肉体……！」

「ちょ、ちょっと綾子《あやこ》さんっ」

思わず自分の脇腹に触れてみるけど……その感触の違いに死にたくなる。

う、うわあ……、全然違う。

嘘《うそ》でしょ。

なんでこんな理想みたいなお腹《なか》をしてるのよ、タッくん。

これが若さなの？　二十代と三十代の違いなの？

それとも……シンプルに普段の節制と運動の問題なの？

ああ、この割れた腹筋が羨ましい。

妬ましい、嫉ましぃ～～っ！

「綾子《あやこ》さんっ、や、やめて……あははっ。脇腹そんな揉《も》まれると、くすぐったいですって……あははは っ」

「……はっ。ご、ごめん、タッくん……。シュッとした脇腹が羨ま憎たらしくて、つい」

「羨ま憎たらしいって……」

「んんっ。ちゃ、ちゃんと洗うわね」

気を取り直して、背中洗いを再開する。

泡が少なくなってきたので、追加しながらヌルヌルと。幸か不幸か、脇腹の一悶着《ひともんちゃく》のおかげで緊迫した空気が少し緩んだ気がした。

「なんか……懐《なつ》かしいですね」

ふとタッくんが言った。

「え？　懐《なつ》かしいって」

「昔も、こんな風に綾子《あやこ》さんに洗ってもらったことありますよね。ほら、十年前ぐらい前の雨の日、俺が家に入れないでいたら、綾子《あやこ》さんが自分の家のお風呂《ふろ》に入れてくれて」

「ああ、あの日ね」

思い出す。

恥ずかしがってる少年を、半ば強引にお風呂《ふろ》に入れた日。

相手のことを、まるで男と意識してなかった頃——

「……私はまだまだ子供だと思ってたのに、タッくんはちゃっかりとエッチな目で私の裸を見てたのよね」

「そ、それはしょうがないでしょう。綾子《あやこ》さんが勝手に入ってきたんだから」

拗《す》ねたように言ってみると、タッくんが慌てて反論してきた。

「いくら小さいって言っても、俺、あのときはもう十歳でしたからね。それなのに綾子《あやこ》さんが、まるで幼稚園児を扱うみたいに俺の体を洗ってきて……」

「う……」

確かに私も悪い……というか、ほぼ私に非があるわよね。

隣に住む男子小学生と一緒にお風呂《ふろ》に入るなんて。

しかも体まで洗っちゃうなんて。

冷静に考えると、軽く事案な気がする。

男女逆なら一瞬で捕まりそう。

「だ、だって……タッくん、その頃は今と違って華奢《きやしや》で小さかったし……あっちの方もすっごくかわいい感じで」

「～～っ！　か、かわいいとか言わないでくださいよ。そりゃあのときは年相応に小さかったですけど、今はちゃんと――」

「今……」

「……いや、その」

そこで会話が途切れてしまう。

お互いに意識してしまったのだろう。

私も……思い切り考えてしまった。

男の局部のこと——そしてこれから、どう足掻《あが》いたってその局部が深く関わってくる営みをしようとしていること。

「……っ」

緩んだはずの空気が、また一気に緊張感を増す。

熱い。

この後のことを考えれば考えるほど、体中が熱く火照《ほて》ってくる。浴室はただでさえ湿気でモヤっとしているから、どんどん汗が噴き出てくる。

気を紛らわせるためにとりあえず手を動かして背中を洗い続けるけど——いくらタッくんの背中が広いとは言え、永遠には洗っていられない。

ちょっと集中すれば、あっという間に背中は洗い終わってしまった。

「……と、とりあえず一回、背中流すわね」

シャワーで泡を落としていく。どれだけゆっくりじっくり流そうと思っても、白い泡はあっという間に全て流れていってしまった。

ど……どうしよう。

背中が終わったら……やっぱり次は前よね？

でも前ってことは、今度はモロに……うう〜っ。

ああもう、覚悟してきたはずなのに……！

ダメよ、こんなところで足踏みしちゃ！　タッくんだって期待してるかもしれないんだから！　背中だけで終わったら絶対にがっかりさせちゃうわよ！

「……終わりました？」

「え、ええ。そうね」

「じゃあ、次は」

次！

やっぱりタッくんも期待してる！

背中の次を！

前を洗ってもらいたがっているのね……！

一人大いに動揺する私だったが、続く台詞《せりふ》は予想外のものだった。

「次は……俺が洗ってもいいですか？」

♠

『──ちゃんと待ちますよ。綾子《あやこ》さんの心の準備ができるまで』
同棲《どうせい》初日の夜。
俺は綾子《あやこ》さんに、こんなことを言った。
自分なりに相手を思いやったつもりだった。
でも今改めて考えると、なんて姑息《こそく》な台詞《せりふ》だったんだろうと思う。
元来の意味で姑息《こそく》──その場しのぎでしかない言葉だった。
調子のいいことを言いながら、結局は全部相手に丸投げしてるだけ。
全ての決定権を相手に委ね、自分は待っているだけ。
優しいようで、なにも優しくない。
単に責任を放棄しているだけだ。
嫌われることを恐れる余り、歩みを止めてしまっている。
本当は──誰よりも彼女を求めているくせに。
心も体もなにもかも、一つに溶け合いたくてたまらないのに。
誠実さという仮面で本音を隠し、現状に甘んじてしまった。

やっとの思いで辿《たど》り着《つ》いた『恋人』という関係性が、あまりに尊く、愛おしく、是が非でも壊したくないと思ってしまった。

でも、今。

そんな情けない俺に向かって、綾子《あやこ》さんの方から一歩踏み出してくれた。

彼女はいったいどれほどの勇気を振り絞って、バスタオル一枚の格好で風呂《ふろ》場に突撃してきたんだろう。最初は驚きすぎてなにも考えられなかったけれど、時間が経《た》てば経《た》つほど、彼女の大胆さが愛おしくなる。

そして——自分の臆病さに腹が立つ。

もう逃げない。

誠実さや優しさを盾に、なにもしない自分を肯定しない。

……ていうか、まあ。

長々と格好いい風なことを語ってしまったけれど、結局のところはそんな難しい話じゃない。

大好きな彼女にここまで過激にアプローチされてしまえば、俺だってもう理性なんかぶっ飛んでしまうという、それだけの話だ。

触れたい。

俺だって触れたい。

愛しい彼女に、触れたくて触れたくてたまらない。

「……ほ、ほんとにやるの、タッくん？」

綾子《あやこ》さんが鏡越しに問うてくる。

さっきまでとは、前後の位置を交換した形。

俺の前で椅子に座った彼女は、まだ迷いがあるのか、体をすっぽりと隠すようにバスタオルを巻いたままだった。

「はい。できればやりたいです」

「……本気で？」

「本気です。さっきのお返しに、俺も綾子《あやこ》さんの背中、洗ってあげますから」

「で、でも、やっぱり恥ずかしいし……」

「俺もかなり恥ずかしかったんですけど」

「う、うう……」

綾子《あやこ》さんは羞恥に悶《もだ》え苦しむも、やがて覚悟を決めたように、

「……わ、わかったわ」

と告げた。

「確かに不平等な気がするもんね」

「それじゃ……バスタオルの方を」

「……うん」

静かに頷《うなず》いた後、胸元で巻いたバスタオルに触れる。

そして——はらり、と。

ずっと体を隠していた白いベールが、脱げ落ちた。

「う、わ……」

言葉を失ってしまう。

現れた背中は、息を吞《の》むほどに美しかった。

肩から腰にかけてくびれた、官能的なカーブを描く体のライン。

肌は眩《まぶ》しいほどに白く、そしてしっとりと玉の汗が浮かぶ。

そして。

背中のラインからわずかに顔を覗《のぞ》かせる、たわわな乳房。こちらに背を向けているにもかかわらず、隠れきれない乳房の一部がはみ出していた。

惜しむらくは……前方の鏡が湯気で曇ってしまい、鏡越しに正面からの姿を見ることができないことだ。

「……綺麗《きれい》ですね、綾子《あやこ》さんの背中」

「なっ……ちょ、ちょっと、あんまり見ないでよ、タッくん」

「すみません、でも、背中からお尻にかけての曲線が、芸術的なまでに美しくて」

「芸術って……。もう、褒めすぎ……って、え？　お、お尻!?」

そこで綾子《あやこ》さんは、バッと両手を背中に回した。

手のひらを重ね、椅子の上に鎮座したお尻を隠すようにする。

「や、やだっ！　これ、お尻ほとんど見えてるじゃない！」

結構今更な驚愕《きょうがく》だった。

裸で椅子に座った体勢となれば、そりゃあ尻は見えてしまう。

白いバスチェアの上で、なんというか……ムニっと少し潰れたお尻が。

「もう〜っ。は、恥ずかしいからあんまり見ないでね、タッくん」

「見ないでって言われても……。俺だって丸見えでしたし」

「タッくんは男だから見られても平気でしょっ」

「それは男女差別のような」

「あとタッくんのお尻は……なんか、痩せててキュッて引き締まってるからいいじゃない……。

私は、その、ちょっと大きめなサイズだから……」

「気にすることないですよ。女性らしくて素敵だと思います」

「……大きいことは否定してくれないのね」

凹《へこ》む綾子《あやこ》さん。

フォローを間違えてしまったらしい。

ぬう。年頃の女性は難しい。

そんな慌ただしいやり取りをしつつ、ボディソープを泡立てる。

覚悟を決め——泡塗れの手で白い肌に触れる。

「……んっ」

ビクンと体が震えると同時に、甘い声が漏れ出した。

「あっ。痛かったですか？」

「う、ううん……だいじょうぶ。ちょ、ちょっとくすぐったいだけだから」

必死に平静を装《よそお》うような声だった。

言葉に従い、俺は肌に手を滑らせていく。

ああ……すごい。これは思っていた以上にヤバい。

手のひらに伝わる、柔らかくしっとりとした感触。撫《な》でれば撫《な》でるほど、もっともっと触っていたくなる。

おまけに、

「んっ……あふっ……」

よほどくすぐったいのか、綾子《あやこ》さんは俺が撫《な》でるたび甘い吐息を漏らす。声を必死に抑えようとしてる様子もまた、たまらなく扇情的である。

鼓動が跳ね上がる。

異様なほどに昂《たか》ぶってるのが、自分でも実感できる。

「……タックん、なんだか洗い方がエッチな気がする」

首だけで振り返り、綾子《あやこ》さんが言った。

ジッと拗《す》ねたような顔で睨《にら》んでくる。

「えっ。いや、普通に洗ってるだけですよ……」

慌てて釈明。まあ……必要以上に揉《も》みしだいた瞬間が一切なかったかと問われれば、それはとても返答に困るが。

「嘘《うそ》よ。なんか……ねちっこい気がする」

「……綾子《あやこ》さんだってこんな感じだったじゃないですか。結構、筋肉を揉《も》むように洗われたような気が……」

「わ、私は普通よ！　普通に洗っただけ！」

そんなやり取りをしつつ、背中を洗い続ける。

一度ねちっこいと指摘されてしまっては、もうのんびりと洗うわけにもいかないので、できる限り手早く済ますようにする。

背中の上部分を洗い終え、脇腹の部分を洗おうとした——そのとき。

シュバッ、と。

綾子《あやこ》さんが腕を後ろに回し、俺の腕を捕らえた。

とんでもなく俊敏で、目にも留まらぬ動きだった。

「……え？」

「そこはいいから」

有無をも言わせぬ口調だった。

「そこは洗わなくて大丈夫」

「いや、でも……」

「そこは背中じゃなくて、お腹《なか》だから。背中を洗ってるときにお腹《なか》を洗い出したらダメよ。うん、ダメダメ。約束が違うもの」

「……俺は、脇腹も洗われたんですけど」

「っ」

「しかも思いっきり撫《な》で回《まわ》すように」

「タ、タッくんはいいでしょ、引き締まったお腹《なか》してるんだから！　私は……ダメなのよ。ほんと……プニプニしちゃってて」

「気にしすぎですよ。綾子《あやこ》さん、全然細いじゃないですか」

「違う、違うの……。最近本当にまずいのよ。同棲《どうせい》始まった一週間で……その、幸せ太りっていうのか、油断がそのままお肉になっちゃって。ただでさえ三十すぎてから、お肉が落ちにくくなってきたのに……」

声は段々と悲痛な響きを帯びていく。

最初は笑い話で済むことかと思った。脇腹がプニプニしてるなんて。俺は全然気にしていないし、そもそも太ってるとさえ思っていない。

でも。

俺にとっては些細《ささい》なことでも、彼女にとっては切実な問題だったのかもしれない。

「……さっき、タッくんのお腹《なか》触ったとき、なんか……一気に自分の加齢を実感しちゃって。あはは……二十代の頃はもっと引き締まった体してたんだけどなあ」

曖昧に、誤魔化すように笑う。

聞いてるこっちが悲しくなるような、痛々しい自嘲の笑いだった。

「……どうせこんな関係になるなら、もっと若いうちに抱いてもらえばよかったかもね」

どこか冗談めかした台詞《せりふ》——綾子《あやこ》さんがどこまで本気で言っているのかはわからない。ただその自虐を聞いた瞬間、胸が締め付けられるように痛んだ。

もどかしくて歯痒《はがゆ》くてたまらなくなった。

気がつけば、

「——っ」

衝動のままに、彼女を後ろから抱き締めた。

お互い裸だけれど、そんなことは関係ない。

抱き締めずにはいられなかった。

「タ、タッくん……⁉」

「……わかってない」

強く抱き締めながら——全身で彼女の柔肌を感じながら、俺は言う。

「わかってない。綾子《あやこ》さんは全然わかってないですよ。自分がどれだけ魅力的かってことを」

「え……」

「同棲《どうせい》始めてからの一週間……俺がどれだけ必死に我慢してたことか」

「が、我慢……？」

「綾子《あやこ》さんのこと、押し倒したくてたまらなかったけど、ずっと我慢してました」

「え、ええっ⁉」

そう。

ずっと我慢してた。

彼女を大切にしたかったから。

欲望のままに押し倒してしまえば、彼女を傷つけてしまうかもしれないと思ったから。

でも、こんなことなら——もっと早く欲望を打ち明けてしまった方がよかったのかもしれない。

彼女が自分の加齢や年齢差で劣等感を抱き、自分の魅力に不安を覚えてしまうぐらいなら、もっと強く、もっと激しく、彼女の魅力を声高に訴え続ければよかったのかもしれない。

「綺麗《きれい》ですよ、綾子《あやこ》さんは」

俺は言った。

腕の中の彼女に向け、心からの本音を口にした。

「ずっと、昔からずっと綺麗《きれい》です。二十代のときも、三十歳を超えた今も」

「……タッくん。で、でもそれは……なんていうか、タッくんには変なフィルターがかかってるからなのよ……。実物以上に私を美化してるっていうか」

「仮に、もし仮に、万が一億が一そうだったとしても……別にいいじゃないですか。俺にとっての綾子《あやこ》さんは、いつだって世界で一番魅力的な女性なんですから」

「…………」

「もっと言うと……正直俺、綾子《あやこ》さんは年々魅力が増してると思ってるぐらいですよ？ 色気っていうのかフェロモンっていうのか、そういうのがどんどん増えてる気がして」

「……っ！ フェ、フェロモンって。出てないわよ、そんなの……たぶん」

恥ずかしそうにツッコみつつも、少し笑う綾子《あやこ》さん。

俺も釣られて笑う。

「だいたい……さっき、もっと早く抱かれてればとか言ってましたけど……それはそれで問題あったような気はしますよ。綾子《あやこ》さんが二十代のとき、俺はゴリゴリに未成年なわけですから」

「そ、それはそうなんだけど……」

「だから――この十年を否定しないでくださいよ」

「否定……」

「綾子《あやこ》さんに片思いしてから、身長も伸びて、声変わりもして……ちょっとずつちょっとずつ大人になって、ようやく綾子《あやこ》さんから男として見てもらえるようになったわけですから」

十年。

そう、十年かかったんだ。

最愛の相手から、子供ではなく男として見てもらえるまで。

果てしなく長くてもどかしい十年だった。

でも――必要な時間だったと思いたい。

そんな日々があったから、今この瞬間があるのだと、思い込んでいたい。

「きっと、今でいいんだと思います。今しかなかったんだと思います。俺達が結ばれていいタイミングは、今この瞬間しか」

「……タッくん」

抱き締めていた俺の手に、そっと手が添えられる。

「ありがとう。ごめんね、また私、変な自虐吐いちゃって」

「いえ」

「もう大丈夫。タッくんのおかげで元気が湧いてきたわ。──でも」

綾子《あやこ》さんは言う。

急激に冷静な声となって。

「それはそれとして……脇腹に触るのは禁止でお願いします」

「わ、わかりました」

切実で有無を言わせぬ口調で言われ、頷《うなず》く他なかった。

やはり脇腹の件は、女性として譲れないラインらしい。

だったらもう、この件には触れるまい。

……いや、でもなあ。

ここまで頑《かたく》なに拒否されると、逆に触ってみたくなるというか。

嫌がる綾子《あやこ》さんがちょっとかわいいというか。

なんかプニプニしてて触り心地がよさそうというか──

「……本当にわかった？」

「わ、わかってますわかってます！」

邪念を見抜かれてしまったらしい。

危ない危ない。

「もうっ、タッくんったら……。絶対、絶対にダメだからね……」

「……でも、前に綾子《あやこ》さんが自分からお腹触《なか》らせてきたときもあったような」

「そのときはそのとき！　今は今！」

強く言った後、綾子《あやこ》さんはさらに続ける。

「とにかく、お腹《なか》だけは絶対にダメ……」

その代わり。

と言って。

綾子《あやこ》さんは両方の手で、俺の両手の手首を摑《つか》んだ。

そしてゆっくりと持ち上げていく。

お腹《なか》を回すように抱き締めていた手を、少しずつ上方に。

となれば必然的に、ぶつかってしまう出っ張りがある。

むにゅん、と。

両の手のひらに、途方もなく柔らかな感触がした。

「こっちなら、触ってもいいから」

「――っ」

言葉を失う。

頭が真っ白になってなにも考えられなくなる。

でも、手に伝わる感触はあまりに鮮烈で、そして至福だった。

汗で湿った肌は柔らかく、少し力を込めるだけで、どこまでも沈み込んでいきそうだった。

永劫《えいごう》に触っていたくなるような、幸福な温《ぬく》もり。

信じられない。

俺は今、後ろから、彼女の胸を触っている。

服の上からでも下着の上からでもなく、生でダイレクトに——

「あ、綾子《あやこ》さん……⁉」

「……タ、タッくんだって、お腹《なか》よりこっちに触りたいんでしょ？」

「それは……でも、い、いいんですか？」

「……うん」

静かに、恥ずかしそうに——でも確かに、彼女は頷《うなず》いた。

「だって……ずっと我慢してたんでしょ？」

もう我慢しなくていいから。

と。

綾子《あやこ》さんは言った。

その瞬間、俺の中で最後の理性がプツンと切れたような気がした。

「——っ」

胸を揉《も》みしだきながら、強く彼女を抱き寄せる。

その後は強引にこちらを振り向かせ——そして唇を奪った。

最初は軽く、でも徐々に熱烈に。

「んっ……はあ、タッくん……！」

「綾子《あやこ》さん……！」

一糸まとわぬ姿で向かい合う。

気恥ずかしさをはるかに凌駕《りょうが》する興奮と欲情が全身を突き動かす。

綾子《あやこ》さんが風呂《ふろ》に突入してきてから、俺なりに今後のプランは考えていたし、もしかしたら彼女の方もなにか考えていたのかもしれないが——もう、そんなものは関係なかった。

熱気に満ちた浴室で、汗が滲《にじ》む肌を重ね合わせながら、貪り合うようにお互い求め合う。

この日、俺達はようやく、恋人として一歩前進する——はずだった。

…………。

そう。

はずだったのだ。

結論から言えば、俺達が結ばれるまでにはもう一悶着《ひともんちゃく》がある。

まさか、としか言いようがない。

ここに来て、ここまで来て……こんな失敗で水を差してしまうなんて。

第二章
寝室と甘夜

♥

「…………」

「…………」

果てしなく気まずい空気が室内に満ちる。

場所は浴室から移動して、寝室。

二人ともパジャマ姿になってベッドに腰掛けているんだけど……微妙に距離がある。

というか……タッくんがこっちを向こうとしてくれない。

ずっと背を向けたまま。

その両肩は、どんよりと暗い影を背負っているように見えた。

「げ、元気出して、タッくん」

沈黙に耐えきれなくなって、私はどうにか言葉を絞り出す。

「そんなに落ち込まなくても大丈夫よ……私なら全然気にしてないから。ね？」

「…………」

「なんていうか、その……ねえ？　やっぱり若い子は違うっていうか……うん、元気がいいのよね！　若いってすごいわ！」

「…………」

「そ、それにほら、自然界で言えば……早い方が生物として優秀とも言えるわよね！　野生じゃいつ外敵に襲われるかわからないから、ちゃちゃっと済ませられる方が遺伝子を残しやすい気がするから——」

「……あの、大丈夫です。無理にフォローしてもらわなくて。なんか、余計にキツくなってくるんで」

死にそうな声で言うタッくん。

私のフォローは完全な裏目のようだった。

結論から言ってしまえば——私達はまだ、致していない。

お風呂《ふろ》場で盛り上がり、完全にそういう空気になったとは思うんだけれど、残念ながら最後まで辿《たど》り着《つ》くことはできなかった。

最初はタッくんが……まあ、なんというか、攻めてくれて。

なんとなく主導権は向こうにあるような状態で。

だから私も流れに身を任せようと思っていたのだけれど……そこでなんとなく変な使命感が働いてしまった。

年上の意地というのか、なにもしない女と思われたくないプライドというか。

受け身のままではよくないと思い、恥ずかしさを押し殺して自分も手を伸ばした。

相手の秘部へと、手を添えた。

ネットの知識をフル活用しながら、どうにか気持ちよくなってもらおうと未経験なりに必死で奉仕をしていたら――そこで予想外のトラブルが発生した。

タッくんが……果ててしまったのだ。

暴発してしまったのだ。

呆気《あつけ》なく、あっという間に。

私が触れてから、ほんの十秒程度のことだったと思う。

「……ほんと、ごめんなさい」

申し訳なさそうに、何度目かわからない謝罪を口にするタッくん。

「い、いいのよ、気にしないで！」

「でも……結構かかっちゃって」

「だいじょぶだいじょぶ！　もうちゃんと洗ったから！」

その若さゆえなのか、タッくんのアレは量も勢いもすごかった。

当然ながら初めてのことなので私もパニックになってしまい、そこからはもうてんやわんやの大騒ぎで……完全にそういうムードではなくなってしまい、お風呂《ふろ》から出て今に至る、という経緯だった。

ど、どうしよう……？。

完全に予想外。

お風呂《ふろ》場に突撃する前に様々な状況はシミュレーションしていたつもりだったけど、さすがにこんな状況は想定していなかった。

こういうとき、女ってどうしたらいいの⁉

「……その、言い訳ってわけじゃないんですけど」

どう励ませばいいのかわからず困り果てていると、タッくんがぽつりと、言いにくそうに口を開いた。

「綾子《あやこ》さんと同棲《どうせい》して、今日で一週間ぐらいじゃないですか」

「う、うん」

「その間俺……ずっと、してなくて」

「……え？　してないって……」

「だから、その……一人でしてないって意味で」

「……え、ええっ⁉」

一週間、してない⁉

それは……年頃の男子にとっては、ちょっとしたことなんじゃないでしょうか？

私も詳しくは知らないけど……『男は三日で満タンになる』とどこかで聞いたことがあるような気がする。

となれば……一週間の禁欲がどれだけのことかは、なんとなくわかる。

タッくん、ずっとしてなかったんだ。

発散しないでムラムラしてたんだ……！

「そ、そうだったんだ。でも……どうして？」

一人の時間がないわけじゃなかったと思う。

私が仕事に行っている間とか、一人で家事してくれてるときも多かったし。

「どうしてって言われると困るんですけど……なんか、できなくて。綾子《あやこ》さんが仕事してるのに一人でそんなことしてるのは、申し訳ないような気がして。それになんていうか……二人で生活してるこの空間でそういうことするのが、すごく汚《けが》らわしいようにも思えてしまって」

相変わらず変なところで潔癖なタッくんだった。

「あ、綾子《あやこ》さんとこういう関係になるときは、絶対に事前に一回しておかなきゃとは考えていたんですけど……今日は、その、いきなりだったから」

歯痒《はがゆ》そうに言う。

ああ、そうか。私は今日の夜のために心も体も準備していたけど……いきなり誘われたタッくんには、準備をする時間もなかったんだ。

「……いや、すみません。やっぱり全部言い訳ですよね。情けないです」

悔しさを誤魔化すように笑いながら、タッくんは言う。

「言わなくてもわかってると思うんですけど……俺、女性経験がなくて」

「…………」

それは、知ってる。

直接聞いたわけじゃないけれど、なんとなく悟っている。

だってタッくんは──私のことを十年間好きでいてくれたから。

彼女を作ることもなく、一途《いちず》に私だけを想《おも》い続けていてくれた。

「何度も妄想っていうか、シミュレーションみたいなことはやってたつもりなんですけど……やっぱり本物の綾子《あやこ》さんは、嘘《うそ》みたいに綺麗《きれい》で、触ってたらわけわかんないぐらい興奮しちゃって……それで」

「…………」

「……ごめんなさい。せっかく綾子《あやこ》さんが誘ってくれたのに、台無しにしちゃって」

一度もこちらを見ないまま、恥辱に必死に耐えるような声で、彼は言った。

背中を洗ってるときは大きく見えた背中が、今はとても小さく見える。

小さな声で言い訳めいた謝罪を繰り返す姿は、人によっては情けなく映るのかもしれない。

弱々しく見えるのかもしれない。

でも。

私には今の彼が、愛おしくて愛おしくてたまらなかった。

ギュッ、と。

背後から手を回し、タッくんを抱き締めた。

「え……あ、綾子《あやこ》さん……？」

戸惑いの声を上げる彼を、また強く抱き締める。

ああ――

なにやってたんだろう、私。

しっかり向き合おうと思ってたのに、また自分のことで手一杯になっちゃってたみたい。

考えればすぐわかりそうなのに。私が不安だったのと同じぐらい――タッくんだって不安だったに決まってるじゃない。

恥ずかしい。

この期に及んで、まだ見栄《みえ》を張ろうとしてた自分が恥ずかしい。

「……あのね、タッくん」

私は言う。

「実はね、私もないの、経験」

「……へ？」

「えっと、だからその……は、初めてなのよ、私」

言った。

どうにか言い切った。

タッくんは一拍遅れて、ギョッと目を見開いた。

「え……ええ？」

「あ、あはは──……。驚いた？」

「そ、それは」

「……驚くわよね、この年で未経験なんて。高校生の娘がいて、いつもママ、ママ呼ばれてるけど……実はタッくん以外、誰とも付き合ったことがないの」

「…………」

「ごめんね、どうしても言い出せなかったの。なんだか……改まって報告するのが恥ずかしくて」

「……謝ることじゃないですよ。こっちこそ、驚いちゃってごめんなさい」

慌てた様子で、タッくんは続ける。

「でも……ちょっと信じられないです。綾子《あやこ》さんみたいに綺麗《きれい》な人なら、絶対男が放っておかなかったと思ってたから」

「そ、そんな大層な女じゃないわよ、私……。学生時代は女の友達といる方が楽しかったから、そういう話は全然なくて……。美羽《みう》を引き取ってからは、恋愛してる余裕もなかったし」

どうにか誤魔化せないかと考えていた。一通りの行為が終わった後で、もし相手が気づいたなら『実はね』と切り出せばいいと思っていた。

だって。

引かれるのが怖かったから。

この年で未経験なんて、恥ずかしいと思ったから。

でも、こんなことになるなら、もっと早く言えばよかった。

彼が一人で焦《あせ》りや劣等感を覚えてしまうぐらいなら、もっと早くに包み隠さず打ち明けておけばよかった。

「だからね、タッくん」

私は言う。

強く彼を抱き締めたまま。

「さっきのことなんて、全然気にしなくていいから」

「…………」

「しょ、正直私、よくわかってなくて……。えっと……まあ、なんとなく落ち込むようなことだったっていうのはわかるんだけど、タッくん以外の人のを見たことも触ったこともないから、いまいちピンと来ないといいますか……」

そう、正直よくわかってないのである。

タッくんはなんというか……ぼ、暴発してしまったようだけれど、それは果たして性交においてどの程度の失敗なのか。

男性にとってどの程度のダメージなのか、そして女性はどう思うのが正解なのか、全体的によくわかっていないのである。

「とにかく、あんなことで嫌いになったり失望したりはしないから、安心して」

「綾子《あやこ》さん……」

「ていうかむしろ……ちょっと好きになっちゃったり？」

「え……？」

「タックんの新たな一面が見られたっていうか……私から触ったときの反応が、なんだかすっごくかわいくて」

「……かわいいって。あんまり嬉《うれ》しくないんですけど。それを言うなら綾子《あやこ》さんだって……だいぶかわいかったですよ」

「……えっ？」

「反応も表情もかわいくて、思ってたより大胆で色っぽくて」

「ちょ、ちょっとやめて！ そういうのは禁止っ！」

「そっちが先に……」

至近距離で睨《にら》み合《あ》い、そして、

「……ぷっ」

「あはは……」

どちらともなく笑い合った。

なんだか不思議な気持ち。

ずっと張り詰めていた緊張の糸が、ほどけたような気分。

「なんだろ……別に俺、綾子《あやこ》さんの経験人数とかにこだわりあったわけじゃないんですよ。過去に誰となにがあろうと、そういうのは気にしないように思ってて……まあ、『気にしないように』と考えてる時点で気にしてたような気もするんですけど」

でも、とタッくんは続ける。

「綾子《あやこ》さんも未経験ってわかって、ちょっと肩の力が抜けました」

その笑顔は自然で、柔らかく、力みのないものだった。

私もつい、嬉《うれ》しくなって笑ってしまう。

「うんうん。そんなに気構えなくていいのよね、お互い初めてなんだから。上手《うま》くいかなくたって、なにも恥ずかしくないわ」

「ですね。格好つけてもしょうがない」

「そうそう。今日が最後ってわけでもないんだしね。明日でも明後日《あさって》でも、これから先、いくらでもチャンスは――」

そこまで言ったところで、私は気づいてしまう。

後ろから彼を抱き締めた体勢で、肩越しに視線を下に向けると——とあるものが目に入ってしまった。

パジャマのズボンをしっかりと盛り上げる、猛々《たけだけ》しい隆起が。

暴発後は大人しめなサイズに戻っていたはずのそれが、今再び、見事なまでの存在感を発揮してきている……！

え？

う、嘘《うそ》。

あれ？　だって、さっき出したばっかりなのに……⁉

「え……あっ、いや、こ、これは」

私の視線に気づいたらしく、タッくんは慌てて股間を隠す。

「すみません……気が緩んだら、一気に邪念が戻ってきちゃって」

「あ、あー、そうなんだー……」

どうしよう。

母性や慈愛の心を発揮して『今日がダメでもまたいくらでもチャンスはある』みたいなノリで話が終わると思ってたのに……まさかの、まさかの二回戦⁉

そんな。

男の人って一回出したらしばらくは復活しないんじゃ……ああっ、でも、若い男は一回ぐらいじゃ満足しないという情報もどこかで聞いたことがあるような。

「や、やっぱり若いのね、タッくんって」

「──綾子《あやこ》さん」

動揺してしまう私に対し、タッくんは改まった口調で言う。

こちらを向き、まっすぐ私を見つめながら。

「さっきのリベンジ、してもいいですか？」

それはどこか決意を秘めたような声でもあり、しかし同時に甘えたような声でもあり……要するに、なんだかとても自然な感じだった。

適度に緊張しつつも、必要以上に気負った様子はない、ごくごく自然なお誘い。

だから私も、

「……うん」

気がつけば自然に頷《うなず》いてしまっていた。

タッくんは私を正面から抱き締め、そしてゆっくりとベッドに押し倒す。

お風呂《ふろ》場での盛り上がりすぎた空気とは、まるで違う。

ムードに酔って獣のように求め合うのではなく、ゆっくりとのんびりと、自分達のペースで、
一つ一つのステップを噛《か》みしめていく。

等身大で向き合って、しっかりと互いの存在を確かめ合っていく──

「綾子《あやこ》さん」

優しく唇を重ねた後に、タッくんが囁《ささや》くように言う。

「大好きです」

「……私も大好き」

愛を確認し合った後、また唇を重ねる。それから大きな手が、少し手間取りながらも私のパジャマを脱がしていく。

もちろん——ここから先も全てがスムーズにいくわけではなかった。

初めて同士、戸惑いながら手間取りながら、どうにかこうにか二人で終着点を目指していく。グダグダと言えばグダグダで、お世辞にもムーディとは言えなかったのかもしれないけど——でもその全てが愛おしかった。

失敗も迷走も悪戦苦闘も、彼となら全部が愛おしい。

服と一緒に見栄《みえ》やプライドも脱ぎ捨てて、飾らない姿で一つになれることが、これ以上ない幸福だと思えた。

私と彼の、長い夜がまた始まる。

どこまでも甘く尊い、二人だけの溶けるような時間——

翌朝。

目が覚めたら裸で、そして隣に寝ているタッくんも裸だった。

「……！」

一瞬ドキッとするけど、でもそれは本当に一瞬のこと。

半分寝ぼけたような頭が、徐々に昨晩のことを思い出していく。

恥ずかしさでカアッと体中が熱くなった。でもすぐに、穏やかで安らかで、満ち足りたような気持ちが湧き上がってくる。

ああ、そっか。

本当に、最後までしちゃったんだなあ。

夢オチでも妄想でもなく、ちゃんと最後まで。

「……ん。綾子《あやこ》さん……」

寝顔を見つめていると、タッくんも目を覚ました。

「え、なっ……どうして、裸……って俺も……ああ、そっか……昨日」

私と同じように、一旦驚いてから徐々に納得していく。

一応布団《ふとん》で胸元を隠しつつ、私は言う。

「おはよう、タッくん」

「……おはようございます」

「昨日、二人ともそのまま寝ちゃったみたいね」

一つ息を吐き、私は続ける。

「はあ……なんだか不思議な気分。フワフワしてるみたいな、スッキリしてるみたいな。あれだけ心配してた割には……いざ終わってみると、思ったよりも大したことなかった気がするし」

「……す、すみません。大したことできなくて」

「え……ああっ！　違う違う！　そういう意味じゃなくてね！」

大変！

タッくんが男としての自信を喪失した顔になってる！

早々に暴発しちゃったときと同じ顔！

「初めてだから、いろいろ不安だったのよ……。ものすごく痛いんじゃないかとか、変な失敗しちゃわないかとか。あとは——なにか世界が一変してしまうんじゃないかって」

「…………」

「でも、思ったよりなにも変わらなかったかも」

なにもかもが初めてで、未知の体験だった。

新たな発見はたくさんあったし、相手の新たな一面も知れた。

でも——変わらない。

根底にある気持ちは変化しない。元からあった気持ちが、どんどん増えて大きくなっていくような、そんな感じ。

「劇的な変化ってわけじゃなくて、本当にただ、好きの延長線上にある一つのイベントでしかないんだなあって気がしたの」

「…………」

「だ、だからね、決してタッくんが大したことなかったってわけじゃなくて。むしろ逆で、そっち方面ではすごく大したことあって驚いたっていうか。若さと男らしさが爆発してて、私としても決して不服ではないというか」

「……つまり？」

「つまりその……ま、満足して――～～っ!?　や、やだもう！　言わせないでよ！」

「いてっ」

恥ずかしさの余り、枕で何度も叩《たた》いてしまう。

「す、すみません、調子乗りました……いてっ。ちょっと、ストップストップ」

やがて攻撃に耐えかねたのか、タッくんは私の手首を摑《つか》んで動きを止める。

「ごめんなさいって。許してくださいよ」

「だって、タッくんが……」

「…………」

「………」

気がつけば無言で見つめ合ってしまっていた。

お互いに裸でベッドの上。

いつ始まってもおかしくない空気があったけれど——その瞬間、私の視線は彼の背後に見える、壁掛け時計を捉えてしまう。

「……え、えええっ⁉　は、八時⁉」

ムードを一気に消すような大絶叫。

愕然《がくぜん》とする他ない。

八時……八時って！

正確にはまだ五分前だけど……とにかくヤバい！

今日は月曜日！

普通に会社に行かなきゃいけない日！

「え⁉　うわ、ほんとだ、八時……！」

タッくんもまた、スマホを確認して驚く。これで壁掛け時計の針だけズレているという可能性も消えてしまった。

「ど、どうしよう……。タ、タッくんも今日、インターンよね」

「はい、俺も結構ギリギリ……いやでも、綾子《あやこ》さんの方がまずいですよね」

「うん……九時から社内での打ち合わせがある……」

やってしまった。

昨日はなにかと大混乱で、二人ともアラームをかけ忘れたみたい。

そして……疲れ切ってたっぷり熟睡してしまった。

「うわー、ごめんなさい……。もっと早く寝るようにしてたら……俺が何回もお願いしたせいで」

「い、いいのよ。タッくんは悪くないから。最後の方はどっちかと言えば私の方がねだって――ってそんなこと話してる場合じゃない！」

大急ぎでベッドから降りようとするも、またもそこで問題勃発。

「ちょっ、綾子《あやこ》さん、裸……！」

「……きゃあっ！」

しまった！

私は今、素《す》っ裸《ぱだか》なのだった！

いや、まあ……昨日さんざん見られた後だから恥ずかしがることもないのかもしれないけど、でもやっぱり恥ずかしい！

それに、ここで素《す》っ裸《ぱだか》で家の中を歩くのは……女を捨ててるみたいで嫌っ！

「うう……タッくん、ちょっと布団《ふとん》貸して」

とりあえず布団《ふとん》を巻いて着替えを取りに行こうとするけど、

「いや、それは……」

まさかの拒否。

「俺も、今はちょっと、布団《ふとん》が取れない状態で」

「え……。え、ええっ!?」

数秒遅れて意味を理解する。

「な、なんで!?　どうして!?」

「……あ、朝なので」

「だって、昨日、あんなに……」

「一晩経《た》ったので……」

「えー……や、やっぱり若い子ってすごいのね……──じゃなくて！　こんなことしてる場合じゃないわよ！　遅刻しちゃう！」

てんやわんやとなりながらも、どうにか布団《ふとん》から抜け出して支度を始める。

のんきに朝ご飯を食べてる時間はない。

顔を洗って歯を磨いてメイクをして、大急ぎでスーツに袖を通す。

「じゃ、じゃあタッくん、私、先に出るから！」

「わかりました！」

昨日の夜脱ぎ散らかしたままだった私達の服を片付けてくれているタッくんを尻目に、どうにか自分の準備だけを済ませて玄関へと向かう。

「あの……」

「ん？」

靴を履いて振り返る私に、タッくんは言う。

「いってらっしゃい」

それはなんだか、実に自然な笑顔に見えた。

昨日までとなにも変わらない挨拶であるはずなのに、どうしてか今日は特別なことのように思えてしまう。

「……いってきますっ」

噛《か》みしめるようにそう言って、私は玄関を飛び出した。


いつもなら駅まで歩いてから電車で出勤するのだけど、今日は速攻でタクシーを拾って会社に向かった。

おかげでどうにか、遅刻ギリギリで会社に到着することができた。

タクシーを降りた後、駆け足でビルに入ってエレベーターへと向かう。

「ああっ、乗ります乗りますっ」

閉まりかけていたドアを中にいた人に開いてもらい、慌てて乗り込むことができた。息を整えながら顔を上げ——そこでようやく、中にいた人の正体に気づく。

「あっ……お、狼森《おいのもり》さん？」

「おはよう、歌枕《かつらぎ》くん」

先にエレベーターに乗っていたのは、パンツスーツ姿の目つきが悪い美女——すなわち我が社の社長、狼森夢美《おいのもりゆめみ》さんだった。

「珍しいね、歌枕《かつらぎ》くんがこんなギリギリの時間に出社なんて」

『ライトシップ』があるフロアのボタンを押しつつ、狼森《おいのもり》さんは言う。

「あはは……ちょっと寝坊しちゃいまして」

「ふうん？　左沢《あてらざわ》くんは起こしてくれなかったのかい？」

同棲《どうせい》のことは狼森《おいのもり》さんも知っている。

というか……今回の同棲《どうせい》の諸悪の根源が彼女だったりする。

「えっと、タッくんも一緒になって寝坊しちゃって……」

そこで言葉を止める。

まずい。やめよう。上司だから遅刻ギリギリの言い訳はしなきゃいけないと思ったけど、これ以上話したら余計なことまで感づかれる可能性が高い。

「……ふむ」

一瞬、顎に手を添えて考え込むような仕草を見せる狼森《おいのもり》さんだったが——やがて私の首筋を見つめると、ニヤリと納得の笑みを浮かべた。

「なるほど、そうかそうか」

「……な、なんですか？」

「歌枕《かつらぎ》くんもとうとう、首筋にキスマークをつけて出社するような女になったかと思ってね」

「えっ⁉ う、嘘《うそ》っ！ 首はダメって言ったのに……！ ……あっ」

反射的に首を押さえてしまい、直後に自分の失敗を悟る。

しまった。

完全に引っかかっちゃった！

「……へえ。へぇー。やーっぱり、そうだったか」

カマかけが大成功した狼森《おいのもり》さんは、それはもう楽しそうな笑みを浮かべて、私の顔をじろじろと見つめてきた。

「夕べはずいぶんとお楽しみだったようだねぇ」

「～～っ！」

「ウダウダしてたきみ達カップルも、ようやく一歩踏み出したわけか。ふふふ。これは根掘り葉掘り話を聞かなければならないな。今度の飲み会では覚悟しておきたまえ」

「……セ、セクハラですよ、もぉ〜……」

心底楽しげな狼森《おいのもり》さんに、弱々しく返すことしかできなかった。

歌枕綾子《かつらぎあやこ》、三ピー歳。

生まれて初めての恋人との同棲《どうせい》生活から、一週間。

ようやく関係がちょっぴり前に進みました。

第三章
円熟と運動

世間一般で言えば、性交というのは一つの契機なのかもしれない。

まあ契機とまでは言わずとも、特別なイベントであることに間違いはないというか。

童貞や処女というような、経験と未経験を選別する言葉がこれみよがしに存在してる時点で、世界がどれぐらい性交というものを特別視しているかがわかるだろう。

ただ。

実際に経験してみて思ったのは——性交程度でそこまで世界は変わらないということ。

特別なことに違いはないと思うけれど、価値観や人生観を劇的に一変させるほどのなにかではなかったように思う。

この年まで未経験でいると……変にハードルが上がっていた部分があったというか。必要以上に性交を特別視してしまって、以前と以後で自分が別人のように変わってしまうんじゃないかという恐怖もあったんだけど——全然、そんなことはなかった。

私は私のまま。

彼は彼のまま。

なにも変わらない。

お互いが元々持ち合っていた気持ちを、肌を重ね合わせながら見せ合うような、そんな尊い確認作業だったように思える。

まあ。

しかし。

とは言え。

以前と以後で、本当に全くなにも変化しなかったのかと言えば……実はそんなこともなかったりする。

徐々に、しかし明らかに。

私達の関係性は、あの日の夜から変化し始めていた。

たとえば――朝食のとき。

「ふぁ……おはようございます」

「おはよう、タッくん。今ご飯できるから、少し待ってて」

ちょっと早く目覚めた私が先に朝ご飯の準備を始めていると、少し遅れて彼が寝室から出てきた。

挨拶をした後、私はフライパンの目玉焼きに視線を戻すけど――

そこで、ギュッと。

後ろからいきなり、タッくんが優しく抱き締めてきた。

「きゃっ……ど、どうしたの？」

「いや、なんか後ろ姿見てたら我慢できなくて」

照れ臭そうに、そして申し訳なさそうに言うけど、抱擁をやめることはない。

「綾子《あやこ》さん、今日も綺麗《きれい》だなあって思って」

「も、もう……なに言ってるのよ。ほら、料理中だから離れて」

「もう少しだけ」

「ダメっ。早くしないと遅刻しちゃうでしょ？」

「……はぁい」

拗《す》ねたように返事をしながら、タッくんは離れていく。朝食作りを再開する私だったけど、浮かれすぎてつい鼻歌が漏れてしまった。

たとえば——帰宅後。

「ただいまぁ……」

「お帰りなさい、綾子《あやこ》さん」

「タッくぅん……」

「お、お疲れみたいですね」

「そうなの……今日も、すっごい疲れた。アニメ関係の打ち合わせが三つぐらい重なっちゃって……」

靴を脱ぎながら愚痴るように言った後、

「ほんと、疲れちゃったなあ」

ふと思いつき、私は甘えた声を出してみた。

「はぁーあ。もうダメだなあ。元気がちっとも残ってない。これは……早急に元気を充電する必要があるかも」

「……あー」

ようやく意図を察したらしいタッくんは曖昧に微笑《ほほえ》みつつ、

「ど、どうぞ」

と腕を広げてくれた。

私は彼の胸に、少し勢いをつけてぴょんと跳ねるように飛び込む。彼の温《ぬく》もりや匂いが私を包み込み、仕事で疲弊した精神と肉体に染《し》み渡《わた》っていく。

「お疲れ様です」

優しく労《ねぎら》いながら、頭を撫《な》でてくれる。大きな手で優しく触れられると、くすぐったいような気持ちいいような、表現しようのない幸福感が胸に満ちていくのを感じた。

「こんなんで元気充電できます？」

「できてる。すっごくできてる」

私もまた腕を回し、彼を抱き締めるようにする。

帰宅してからまだ一分と経《た》ってないのに、ちょっと笑っちゃうぐらい熱烈な抱擁をしてしまっている私達だった。

「はぁー、なんだか申し訳ないなあ。私ばっかり元気いっぱい充電させてもらっちゃって」

「大丈夫ですよ。どうやらこの充電システム、双方向みたいなんで」

「そっかー。すごいわね。永久機関みたい」

「確かに、永久機関ですね」

「ふふふ。夢のシステムね」

お互いに抱擁に夢中で、もはやノリだけの会話。

特に会話のオチもないまま、しばらく抱擁が続いた。

たとえば——夕食後。
「都道府県の面積が大きい順、上から三つ……えー、なんだろ」

二人で並んでソファに座りながら、テレビのクイズ番組を眺めていた。

「一位は絶対に北海道でしょ。二位は……岩手かしら？　じゃあ、三位は……」

「福島じゃないですか？」

「えー？　福島ってそんなに大きかったっけ？　長野とかの方が……あっ。福島で正解だって！　タッくん、すごいわね」

「あはは。小学校でやったのを覚えてましたね」

「そうよねー。タッくんの場合、小学校のことはまだ十年前ぐらいのことだもんね。私にとっては小学校なんて……もう二十年も前のことだから」

「あっ。お、落ち込まないでください！」

「だ、だいじょぶだいじょぶ。よし！　次は負けないわよ！　えっと……二千円札に描かれてる建造物は？」

「二千円札……なんでしたっけ？」

「これは私、わかるわ！　首里《しゅり》城《じょう》よ！」

「おお、正解みたいですね」

「ふふふ。やった。でも懐《なつ》かしいわね。二千円札。お母さんからお小遣いとしてもらったりしたけど、なかなか使えなくて。タッくんはどうだった？」

「えっと……ごめんなさい。俺、その頃、まだ生まれてなくて」

「……あ。そうよね。二千円札なんてもう、二十年以上前のことだもんね……。今時の若者は触ったことすらないのよね……」

「ああっ、落ち込まないでっ」

笑ったり落ち込んだり。

一喜一憂しながら、二人で団欒《だんらん》の時間を楽しむ。

そのまま番組を見続けている——そんなとき。

ふと。

タッくんが私の肩に、腕を回してきた。

座ったままの体勢で優しく抱き寄せるようにしてくる。

「……っ」

一瞬、驚いて相手の顔を見るけど、

「や、やっぱり見始めちゃうと止まらないですよね、クイズ番組って」

彼の目はテレビを見つめたまま。なんでもないことのように振る舞っているけど、少し緊張しているのは明らかだった。

私も抵抗するようなことはせず、

「……そ、そうね」

タッくんの肩に、こてん、と頭を乗せた。

「お、面白いわよね、クイズ番組って」

「え、ええ。ほんとに」

「次のクイズは……『今日は水曜日です。明日の明後日《あさって》の一昨日の明明後日《しあさって》は何曜日でしょうか？』。あー、はいはい、このタイプね。ゆっくり考えれば絶対にわかるやつ」

「そうですね。落ち着いて考えれば」

「うん、そう、ちゃんと一つずつ考えていけば……あ、あれ？」

「えっと……」

「……あはは。む、難しいわね」

「なんか今、全然頭が回んないですね……」

互いの鼓動を感じるぐらいに密着しながら、苦笑し合う私達。

胸はドキドキと高鳴ってしまうけど、不思議と心が安らぐような、そんな満ち足りた夕食後の時間だった。

たとえば——ラッキースケベのとき。

「……きゃっ」

「わっ。ご、ごめんなさい」

私がお風呂《ふろ》に入ろうとしているとき、タッくんがうっかり脱衣所のドアを開いてしまうというハプニング。

こちらは服を脱ぎ終わって、下着姿。

結構な痴態を晒《さら》してしまったこととなる。

これまでだったら、確実に一悶着《ひともんちゃく》あったことだろう。

私は顔を真っ赤にして悲鳴を上げただろうし、タッくんは大慌てでドアを閉めて退散し、その後もちょっと気まずさとドキドキが残る……そんな大騒動になっていたことは確実だろう。

ライトノベルだったら確実に挿絵が入っていたような、一大イベント。

しかし——

「もう……気をつけてね」

私は苦笑しつつ言った。

慌てふためくこともなく、ちょっと腕で胸元を隠すぐらいの仕草で。

「あはは。すみません」

彼の方も軽い謝罪を口にするだけで、そこまで慌てた様子はなく、顔を赤くして脱衣所を飛び出していくようなこともなかった。

というか……なんなら、しばらくそこにいた。

立ち去ることもなく、下着姿の私を見つめてくる。

「…………」

「え。ど、どうしたの？」

「いや、なんていうか……その下着、いいなあって思って」

「ちょっ……やだもう、なに言ってるのよっ」

一応、咎《とが》めるような台詞《せりふ》を言って、体を隠すような素振りも見せるけど、これまでみたいに全力で照れてしまうことはなかった。

むしろ嬉《うれ》しいというか、まんざらでもないというか。

「んんっ。ま、まあ一応、同棲《どうせい》生活のために新しく買った下着だからね」

「…………」

「べ、別に深い意味じゃなくてね。いろいろとね……いろいろな場合を想定したときに、必要かと思って」

「だったら……俺はむしろ、ちゃんと見た方がいいですよね」

「ええっ⁉」

「せっかくの新しい下着なら、じっくり見ない方が失礼かもしれない。うんうん、そんな気がする」

「ちょ、ちょっと待って……！　ダ、ダメよ……確かに、タッくんに見られること覚悟して買ったし、全く見てもらえなかったらそれはそれで寂しいけど……で、でもだからってじっくり見ちゃダメ！　今はダメ！」

「今は……じゃあ、いつなら」

「とにかくダメなの！　はい、出てく出てく！　私はお風呂《ふろ》に入りまーす」

名残惜しそうなタッくんを、グイグイ押して脱衣所から追い出していく。

二人で一緒にふざけてるような、楽しいやり取りだった。

下着を見られても、冗談交じりの日常会話で終わり。

ライトノベルなら確実に挿絵が入るようなシーンなのに、挿絵も入らずよくある日常シーンとして流れていったような、そんな日常感があった。


とか。

まあ。

全体的にこんな感じ。

なにが変わったというわけでもないけど、なにかが変わった。

なんていうか、あの夜以降——一気に距離が縮まった気がする！

グッと近くなった気がする！

すっごく恋人っぽくなった気がする！

いやまあ……別に今まで仲が悪かったというわけでもないし、恋人っぽくなかったというわけでもないんだけど。

むしろ初々《ういうい》しさという意味では、以前の方がある意味すごく恋人っぽかったのかもしれない。

でも以前の恋人っぽさが学生の初々《ういうい》しさだとするなら……今は一歩進んだ大人の落ち着いた関係になってる感じ！

スキンシップやボディタッチが格段に増えて、しかもそれがすごく自然。

はあ……幸せ。

なんだか、すごく幸せ。

こんなに幸せでいいのかしら――

「――なんていうんですかねー。一緒にいてすごく自然になってきてるんですよねー。あっ。もちろん前まで仲が悪かったわけじゃないんですよ？　でもどこかお互い気を遣ってる部分はあって……。たとえば会話が途切れたときとか、二人ともちょっと無理して話題探してるみたいな空気があって……。でも今は、そういうの全然気にならないんですよ！　無理に会話しなくても気楽で、むしろそういう無言のときにスキンシップが始まっちゃったりして……！　やっぱり言葉にしなくても伝わるものってあるんですよね！　触れ合ってるだけで気持ちが通じ合っていく気がして……あっ。もちろん、言葉が必要ないっていうわけじゃないですよ？　その辺は二人とも大事にしてて……む、むしろタッくんは、大げさなくらい褒めてくれるし、

『好き』とか『愛してる』とか何回も言ってくれるし……本当に愛されてて幸せだなって実感する毎日で……あははー、もう困っちゃいますよね。どう思います、狼森《おいのもり》さん？」

「……ああ、そう」

週末の夜——

私は狼森《おいのもり》さんに誘われ、二人で飲みに来ていた。

場所は以前も一緒に来た、居酒屋の個室。

お酒も入ったせいで私はかなり饒舌《じようぜつ》になってしまっていたのだけれど、狼森《おいのもり》さんは対照的にかなり低いテンションとなっていた。

「ちょっと、どうしたんですか狼森《おいのもり》さん？　ノリが悪いですよ」

「……別に」

「今日は狼森《おいのもり》さんの方が無理やり誘ってきたんじゃないですか。根掘り葉掘り訊《き》いてやるって息巻いて。だからこっちとしても腹を決めて、私達二人の今について懇切丁寧に語ったっていうのに」

「……ならば、はっきりと言おうか」

手元の日本酒を呷《あお》った後、狼森《おいのもり》さんは強く言う。

「ノロケ話が長い！」

「なっ……」

「確かに誘ったのは私だが……まさかここまでノロケ話を浴びせられるとは思ってなかったよ。ふふふ……おかしいな。酒で吐いたことなんてここ十年ないんだけど、今はちょっと胸焼けを起こしてる」

「そんな、ノロケ話って……私はただ、今私とタッくんの二人がいかに充実して幸せな毎日を送っているか教えようと思っただけで」

「それをノロケ話と言わずになんと言う⁉」

一喝する狼森《おいのもり》さんだった。

「……ふっ。ふふふっ……なんだろうなあ。実に複雑な気分だよ。きみ達が特に問題もなく幸せに過ごしてくれて嬉《うれ》しいはずなのに……心の奥底では素直に喜べない私がいる」

皮肉めいた笑みを漏らしながら、溜息《ためいき》交じりに続ける。

「私はきみ達に上手《うま》くいってほしかった。そのために相談に乗ったりもしたし、余計なお世話も焼いたりした。でも、いざ幸せそうな姿を見せつけられると……無性に面白くない！」

「ちょっと！」

断言しちゃった！

面白くないって断言しちゃった！

「グダグダウジウジしてる頃はとっとと先に進めとやきもきしたものだけれど、いざ順調に関係が進展されてしまうと、それはそれでつまらないものだね。もっと、なんか、こう……揉《も》めて無様な姿を見せてほしいとさえ思う」

「そんな殺生《せっしょう》な……」

「はぁーあ。結局私は、第三者的な立場で面白おかしくきみ達をからかってるのが一番楽しかったんだろうね。次から次へと問題を起こしてくれるきみ達だからこそイジりがいがあったんだよ。慣れない恋愛事で困り果ててる歌枕《かつらぎ》くんに、上から目線で適当なアドバイスしてるときが、一番楽しかったなぁ……」

「……ちょっとぶっちゃけすぎじゃないですか？」

「歌枕《かつらぎ》くん、順調なのはわかったから、そろそろ次の問題を起こしてくれたまえよ。どうせ前フリなんだろ？　次のエピソードで関係がグチャグチャになる前のフラグなんだろう？」

「縁起でもないこと言わないでください！」

全力でツッコんだ。

狼森《おいのもり》さんはまた少しお猪口《ちょこ》を呷《あお》ると、

「まあ、冗談はさておき」

と気を取り直したような声で続ける。

……本当に冗談だったのかしら？

だいぶ本音っぽかった気がするんだけど。

「同棲《どうせい》生活を満喫しているようでなによりだよ」

「……本当に思ってます？」

「思ってる思ってる」

苦笑しつつ続ける。

「悪かったね。幸せそうな歌枕《かつらぎ》くんが羨ましくてついつい意地悪を言ってしまったよ。私の方は最近少し……頭を悩ませることが多くてね」

「え……」

「いや、なんでもない。こっちの話だよ」

手を振って話を打ち切る。

珍しい、と思った。今一瞬見えた表情は、思い詰めたようでありながらどこか儚《はかな》げで、なんだか彼女らしくない顔に見えた。

仕事でどんなとんでもないトラブルが起きたときでも、落ち込むどころかむしろ逆境を楽しむようにニヒルに笑うのが、私の知っている狼森夢美《おいのもりゆめみ》なのに。

なにがあったんだろう。

狼森《おいのもり》さんがこんなに思い詰めるなんて、いったいなにが――

「さーて」

考え込む私をよそに、新たにもう一本日本酒を頼んだ狼森《おいのもり》さんは、仕切り直すように話を変えた。

「夜も更《ふ》けてきたことだし、話のギアを一段階上げようか？」

「え？　どういう意味ですか？」

「決まってるだろう？　もっと詳しく話を訊《き》かせてくれってことだよ」

「話なら一通りしましたよ。それでノロケ話が長いって言ったのはそっちじゃないですか」

「いやいや、確かに話は聞いたよ。きみ達二人の関係が一歩進展して、それからどれだけ幸せで充実した毎日を送ってるかは、十分聞かせてもらった。確かにノロケ話はうんざりだけど……もう一歩踏み込むというなら話は変わる」

「もう一歩？」

首を傾《かし》げる私に、狼森《おいのもり》さんは身を乗り出して問うてくる。

「ぶっちゃけ――具体的にどうなんだい、左沢《あてらざわ》くんとの夜の生活は？」

「なっ⁉」

「大変興味があるねえ。あんなにも初々《ういうい》しかったきみ達が、一線を踏み越えたらどんな風に乱れてしまうのか」

「な、なに言ってるんですか、もう！　具体的になんて話すわけないでしょう！　セクハラですよ、セクハラ！」

「上司としてじゃなくて、友人として聞いているだけだよ」

「友人とだって、そんなプライベートな話は……」

「なにを言う。三十超えた女が集まって酒が入ったら、彼氏や旦那とのセックスの話しかないものだよ」

そうなの⁉

大人の女って、そうなの⁉

みんなそんなこと話してるの⁉

「で、どうなんだい？　左沢《あてらざわ》くんは、あっちの方は？　ん？　ちゃんと満足させてもらっているのかい？」

「ちょっ……やだ、もう……やめてください。何回も言ってるでしょ。私、そういうノリ、嫌いなんです」

「そう言わずに」

「ダメったらダメですっ」

いつもいつも流されてばかりの私じゃない。

なによりこれは、私だけじゃなくてタッくんのプライバシーにも関わることなんだから、きちんと一線は引かなければ。

「ふむ……」

私が強く拒絶すると、狼森《おいのもり》さんは小さく息を吐いた。

「嫌なら仕方がないか。無理には訊《き》かないよ。これ以上、詰め寄ったらそれこそセクハラになってしまうからね」

「そ、そうですよ」

私がホッと胸を撫《な》で下《お》ろしていると、

「そもそも——訊《き》いたところで大したネタはなさそうだしね」

狼森《おいのもり》さんは小馬鹿にしたような声で続けた。

「生真面目なきみ達二人のことだ。どうせ普通のことを普通にしてるだけなんだろ？ わざわざ尋ねるほどのことじゃなさそうだ」

「…………」

「なんかこう、たぶん、少女漫画みたいにかわいらしいものなんだろうね。背景にお花が飛んでポワワーンみたいな、平和でピュアなノリ」

「…………」

「はあ、なんだかなあ。確かに私が悪かったような気がしてきたよ。きみ達二人の夜の生活を尋ねるなんて、酷なことをしてしまったね。うんうん、別にいいと思うよ。セックスなんて人それぞれだから。平凡だって普通だってあっさり塩味だって、二人が満足してればいいのさ。誰に見せるってわけでもないんだし。お互い未経験だったんだから、無事に終わっただけで表彰ものだよ。うんうん。悪かった悪かった。もうアダルトな話はやめようね」

「……バ、バカにしないでください！」

私は身を乗り出して叫ぶ。

カチン、と来てしまったのだ。アルコールが入ってるせいもあってか、全身が熱くなって頭にカアっと血が上っていく。

「なにも知らないくせに、勝手に決めつけて好き放題言って……！　言っておきますけどね、私達だってちゃんと大人のセックスしてます！　少女漫画どころか、立派に18禁なことやってますから！」

「ほう」

「そりゃ最初は手探りな部分はありましたけど……でも、回数を重ねるごとにどんどんレベルアップしてます！　あっさり塩味どころか……もう、濃厚な豚骨ですよ、豚骨！」

「ほほう」

「タッくんだって……最初は、ちょっと失敗したりもしましたけど、でも今はすごいんですよ！　真面目どころか、むしろ……野獣みたいで。若さが爆発してるっていうか……。で、でも激しいだけじゃなくて、優しいところは優しすぎるぐらいに優しくて、丁寧で……だからどんどんクセになっちゃうような……」

「ふむ」

「わ、私もちゃんと頑張ってますから……ええ、頑張ってますとも！　ちゃんと、こう……奉仕っていうか、サービスっていうか。自分なりに勉強したり、タッくんに教えてもらったりしながら、いろいろと……」

「ふーむ。本当かなぁ？」

「ほ、本当です！　昨日だってタッくんがお願いしてくるから、胸で……」

「うんうん、胸で？」

「む、胸で、えっと、だから、アレを……～～～っ⁉」

そこでようやく……ようやく、自分がハメられたことに気づいた。

しまった！

完全にしてやられた！

物の見事に誘導尋問された！

絶対に言いたくなかったこと、言いまくっちゃった！

「ふむふむ、なるほどなるほど、ずいぶんと情熱的な夜をお過ごしのようだ。詳しい話が聞けてよかった」

「う、うう～～っ！」

「あっはっはっは。本当にかわいいなあ、歌枕《かつらぎ》くんは」

敗北感と羞恥心で悶《もだ》え苦しむ私を見つめながら、実に楽しそうに笑って酒を飲む狼森《おいのもり》さん。

私の痴態を完全に酒《さけ》の肴《さかな》にしていた。

「……酷《ひど》い。最低です。狼森《おいのもり》さんなんか大嫌いです」

「ふふっ。悪かったって。もうしないから」

悪びれもせずに言う。

こんなこと言っといて、どうせまたからかってくるんだろうなあ。

わかってるんだから。

「あーあ。それにしても羨ましいなあ。私なんかここのところ、めっきり男日照りだよ。どこかにいい男は転がってないものか……」

溜息《ためいき》交じりに言う。

「私も歌枕《かつらぎ》くんを見習って、二十歳《はたち》ぐらいの子を狙ってみようかな」

「やめてください。狼森《おいのもり》さんの年齢で二十歳《はたち》狙ったら犯罪っぽいですよ」

「きみも大して変わらないだろう？　年齢差が十歳を超えたらそこから先は誤差みたいなものだよ」

「そ、それはそうかもしれないけど……でも私達はいいんです。年齢差とかそういうのを超えて……あ、愛し合ってるわけで……」

うわああ、恥ずかしいこと言っちゃった。

ダメだもう。

今日はほんとダメ。

なに言っても恥ずかしいこと口走っちゃう気がする。

「ふふふっ。そうだね。きみ達はきっと運命のカップルだよ。このまま末永く幸せになってくれることを祈っているよ」

どこか悟ったように言った後、

「まあ、そうは言っても、夜のお楽しみもほどほどにしてくれたまえ」

と続けた。

「毎晩毎晩ハッスルされて、仕事に身が入らないようじゃ困るからね」

「そ、そのぐらい言われなくてもわかってます」

「どうだか。ここ数日、ずっと筋肉痛が酷《ひど》そうだったじゃないか」

「う……」

痛いところを突かれてしまう。

そうなのよねー。

あの夜の次の日くらいから……とんでもない筋肉痛が私を襲った。

悲しいかな、筋肉痛がちょっと遅れてくる年頃。

日頃の運動不足を思い知った。

いやー、うん。ていうか、ほんとアレよね。

経験してみてわかったけど……夜の営みって全身スポーツね。

体中のいろんなところが筋肉痛になっちゃう。

「歌枕《かつらぎ》くんはもう少し普段から運動した方がいいかもね。左沢《あてらざわ》くんのためにも」

「わ、わかってますよ。これでもちょっとは考えてるんですよ？　体型維持のために、いろいろやってみようかなって」

まあ、考えてるだけでなかなか行動には移せないんだけど。

本当なら今回の東京出張では『よーし、タッくんに会えない間にびっくりするぐらい綺麗《きれい》になってやる！』というダイエット計画も立てていたんだけど……単身赴任じゃなくて同棲《どうせい》になっちゃったし。

あーあ。

単身赴任だったらダイエットできてたのになあ。

三ヶ月でびっくりするぐらい痩せてたはずだったのになあ。

「いやいや、そうじゃなくてね」

狼森《おいのもり》さんは言う。

「体型維持や健康のために運動が必要なのはもちろんの話だけれど……女が運動して体を鍛えることには、カップルにとって大きなメリットがあるんだよ」

「メリット？」

首を傾《かし》げる私に、狼森《おいのもり》さんは顔を寄せてきてこっそりと耳打ちをした。

え？　耳打ち？

個室なのをいいことに、ずーっと開けっぴろげな話をしてきたっていうのに、なんで今更
――と不思議に思う私だったけれど、

「――っ⁉」

内容を聞いて、私は愕然《がくぜん》とした。

それは確かに居酒屋の個室ですら耳打ちした方がいいレベルの話で、そして今の私にとっては聞き逃せない情報でもあった。

♠

同棲《どうせい》生活も二週間を超えれば、段々と慣れてくる部分は多くある。

いい意味で新鮮さが薄れ、共に生活することに馴染《なじ》んでいくというか。

たとえば――帰宅時。

最初の頃は、お互い必ず出迎えるようにしていた。

料理中やお風呂《ふろ》の掃除中であっても、一度手を止めて手を洗って、『おかえり』の一言を言うためだけに玄関に駆け寄ったし、帰ってきた方もそれを察して相手が来るまで待っているようにした。

もちろんそれは嬉《うれ》しいことだったし、同棲《どうせい》ならではのイベントであったと思う。

でもまあ……二週間も経《た》てば徐々になくなっていく。

決して飽きたとか冷めたとかいうわけではなく……なんというか、お互いに無理をせず自然体になっていく感じだ。

悪い変化ではないように思う。

まるで、一緒にいるのが当たり前の家族になっているような……ってまあ、それはさすがに言いすぎか。まだ家族になるには早すぎるよな、うん。

「ただいま」

「あっ。タッくん、おかえりー」

午後の四時頃。

俺がインターン先から帰宅すると、リビングの方から綾子《あやこ》さんの声がした。でもわざわざ駆け寄ってくることはないし、俺も特に出迎えを待つこともせず靴を脱ぐ。

今日の帰宅は綾子《あやこ》さんの方が早い。

アニメ関係の人と外で打ち合わせした後そのまま直帰したらしい。

「……あれ？　綾子《あやこ》さん、なにしてるんですか？」

リビングにいる彼女は見慣れない格好をしていた。

肌に張りつくような、スパッツとタンクトップ。

額には軽く汗が浮かび、そしてお尻の下には——大きなバランスボール。

銀色のゴム製のボールに腰を下ろしながら、両手を広げてバランスを取っている。

「ちょっと運動してたところだったの」

「運動……」

「今回の東京出張のために、実はいろいろと用意はしてたのよね。運動用の服も、このバランスボールも。暇な時間にやろうと思って」

「へえ。でも、なんでまた急に」

「……と、特に深い理由はないんだけどね。なんとなく思い立ったっていうか」

どこか焦《あせ》ったように言う綾子《あやこ》さん。

「ほら、やっぱり私もいい年だし……もうちょっとダイエットした方がいいかなあって」

「気にしすぎじゃないですか？　綾子《あやこ》さんは十分スタイルいいと思いますよ。無理してダイエットする必要なんてないですって」

「……そ、そうかもしれないけど、でも、他にも理由が……」

「理由？」

「な、なんでもないなんでもない！　とにかく！　運動しておいて悪いことはないでしょ！　人間、三十過ぎたら意識して運動しないといけないのよ、うん！」

強引な口調で言う。

ふむ。

まあ、運動して悪いことはなにもないか。

綾子《あやこ》さんは体型に関しては個人的には全く気になってないし、むしろ今ぐらい油断がある方が女性として魅力的じゃないかと……ああ、いや、違う違う。俺の好みじゃなくて。

ともあれ。

まあ客観的に考えてみれば確かに、綾子《あやこ》さんが若干運動不足であることは否《いな》めないだろう。

仕事もデスクワークが大半だし。

健康のために体を鍛えることは、むしろ彼氏として推奨したいぐらいだ。

「よかったら、タッくんも一緒に運動しない？」

「いいですよ」

断る理由もなく、二つ返事で快諾。

動きやすい格好に着替えてから、リビングに戻ってくる。

「なにやります？」

「うーん。じゃあタッくんもこれ、やってみる？」

そう言うと、綾子《あやこ》さんはバランスボールに腰を下ろした。

両足を宙に浮かせ、手を広げてバランスを取る。

「ほっ、よっ、うっ……ああっ」

五秒程度バランスを保った後、床に倒れてしまう。

「ふう……まあまあね。どう？」

「え？　どうって？」

ややドヤ顔で言う綾子《あやこ》さんに戸惑ってしまう。

「なかなかのものでしょう？　一時間ぐらい練習して、ようやくこのぐらいバランスが取れるようになったのよ」

「…………」

「さあ、次はタッくんの番よ。ふふっ。まあまあ最初は上手にできなくて当然だから、気にしなくて大丈夫よ。私ができるまで教えてあげるから」

「…………」

無言のまま、俺はバランスボールに腰掛ける。

足を上げ、両手を広げ、ビシッとバランスを取った。

そのまま五秒、十秒、二十秒と経過する。

三十秒経《た》っても全然平気だったけど……綾子《あやこ》さんの表情がどんどん驚愕《きょうがく》に染まっていくので、ここいらで一旦降りておく。

「えっ……？　ど、どうしてそんな上手にできるの!?」

「まあ、このぐらいは……。うちにもあるので」

「……あ、ああ、そういうことね。家でたくさん練習したってわけね。そうよねそうよね。そうじゃなかったらできるわけないもの。私が最初、どれだけリビングを転がったことか……」

「いや、お袋が買ったやつだったんで、俺は一回か二回しかやったことないんですけど」

「……そ、そう」

わかりやすく落ち込んでしまう綾子《あやこ》さん。

「……いいのよ。わかってたわよ。デスクワーク中心で運動不足のアラサー女と、大学でスポーツやってる二十歳《はたち》の男の子じゃ根本的なスペックが違うのよね。アレでしょ？　なんか体幹とかそういうのが全然違うんでしょ……？」

「す、拗《す》ねないでくださいよ」

そんな流れで、綾子《あやこ》さんとのトレーニングが始まった。


トレーニングを始めると言っても、これと言ってなにか運動用の機材があるわけではない。綾子《あやこ》さんもバランスボール以外は特に用意していなかったらしい。

まあ、大丈夫だろう。

本格的な肉体改造ではなく運動不足解消が目的であれば、自重トレーニングだけで十分効果はある。

まずは——腹筋から。

「じゃあ、行くわよ」

「え……」

「ふんっ。ん〜〜」

「ちょっと……」

「ん〜〜〜っ！　いっち……はあ、はあ、はあ」

床に寝転んだ綾子《あやこ》さんは、両手を頭の後ろに回して上体を起こした。

全力で反動をつけるようなやり方で、どうにか一回。

上半身が完全に起きてしまっている。

こ、これは……。

「はあ、はあ。いい感じね、腹筋に効いてる気がするわ」

「……あの、綾子《あやこ》さん」

たまらず俺はツッコむ。

いやさすがに一回で疲れすぎじゃないですか——とツッコみたい気持ちを抑えて、もっと大事なことを注意する。

「その腹筋のやり方、間違ってますよ」

「……え？」

「上体を完全に起こしちゃうのは、よくないんです」

「嘘……。で、でも、腹筋と言えばこうじゃないの?」

「そうなんですけど……結構前から、上体を完全に起こすような腹筋は腰痛《ようつう》の原因になるから
やめた方がいいって言われてて」

「そ、そうなの⁉」

「正しい腹筋は……こうですね」

俺は床に寝そべり、仰向けになって膝を立てる。

両手を頭の後ろにやり、腹筋を意識して上半身を軽く上げる。

完全には上体を起こさず、途中で下ろす。

これで一回。

「そのぐらいでいいんだ……」

「おへそを覗《のぞ》き込むようにしながら、息を吐きながら上半身を持ち上げるイメージですね。反
動つけて回数稼ぐより、腹筋への負荷を意識しながら一回一回丁寧にやることが大事です」

「へぇー。さすがタッくん、詳しいわね」

「このぐらい普通ですよ。学校の部活で教わったことなんで」

「……そっか。部活で教わっちゃうぐらいのことなのね」

なんとも言えない顔つきとなる綾子《あやこ》さん。

「こういうことって……結構あるわよね。自分達世代では当たり前で常識だったことが、後の

時代になって間違いだってわかること」

「まあ、確かに」

「私達の世代は、さっきの腹筋が当たり前だったのよ。運動部入ってる人達は、雨の日なんか、みんな廊下で一生懸命さっきの腹筋やってたもの。まさかそれが、腰を悪くする間違った腹筋だったなんて」

「…………」

「しょうがないことだとは言え、なんだか切ない気分になるわね」

「そうですね。綾子《あやこ》さん世代だと、あとはアレじゃないですか？　運動中には水を飲むなって言われてたんですよね？」

「……うぅん。私の頃はみんな、ちゃんと水分補給してたわよ。水飲むなって言われたのは、もっともっと上の、昭和の世代……。私、ギリギリ昭和生まれだけど、生きてきたのは平成の時代だから……」

「ああっ。ご、ごめんなさい」

釈然としない様子で落ち込んでしまう綾子《あやこ》さんだった。

結構な失言だったらしい。

続いては――スクワット。

「家でトレーニングするなら、スクワットは絶対にやった方がいいですね。簡単にできて場所も取らないし、効果も大きいですから」

なんたってスクワットは、下半身運動の王様と呼ばれるぐらいだ。

下半身メインの運動でありながら、腹筋背筋なども一緒に鍛えられる全身運動。消費カロリーも大きく、筋トレ界隈《かいわい》でもダイエット界隈《かいわい》でも『とりあえず迷ったらスクワットしておけ』と言われるぐらい。

「タッくん、スクワットにも正しいやり方ってあるの？」

「いろいろありますけど、一番は膝を爪先より前に出さないことですかね」

「膝……」

「膝が前に出て、踵《かかと》を浮かせるようにしてスクワットしちゃうと、膝を痛めちゃう危険性があるんで」

「はあー、なるほどねえ」

様々な注意点を伝えながら、綾子《あやこ》さんにスクワットを実践してもらう。

「そうそう……足は肩幅で、膝は前に出ないように……どっちかと言えば、お尻を後ろに突き出すようなイメージで」

「お尻を……こ、こう？」

「そうです」

「な、なんか恥ずかしいんだけど……本当にこれであってる？」

「あってます。そのまま腹筋に力入れて、踵《かかと》は浮かさないように……」

「ああっ。これ、キツいかも……！」

正しい姿勢でスクワットをする綾子《あやこ》さん。

日頃の運動不足のせいなのか、相当キツそうだった。

一回目なのに太ももがプルプルしている。

「いーっち……はあ、辛《つら》い」

「頑張りましょう。このまま十回ぐらい」

「じゅ、十回……！　ひい……」

「まあ無理はしなくていいと思いますけど」

「……うん。頑張る」

どこか決意を秘めた顔で語る綾子《あやこ》さん。

「狼森《おいのもり》さんも言ってたからね。『スクワットが一番効く』って」

「狼森《おいのもり》さんが？」

「あっ」

「なにか筋トレのアドバイス受けたんですか？」

「えっと……う、うん、そうっ、そんなとこ！」

「…………」

「さ、さあ、頑張るわよ！　にぃ～いっ！」

不自然に話を逸《そ》らしてスクワットを再開する。

少し気にはなったけど……直後、綾子《あやこ》さんがお尻を突き出しすぎて悲鳴を上げながら後ろに倒れてしまい、そんな疑念はどこかに消えた。

続いては——ハンドクラップダンス。

「綾子《あやこ》さん、こういうのはどうですか？」

「なになに？」

スマホで動画を見せてみる。

画面では数人のダンサーさんが音楽に合わせて軽快に踊っていた。

「カップルにおすすめのトレーニングがないか調べてたら、これがでてきて」

「へぇー」

「ハンドクラップっていうんですけど、知ってます？」

「あー……聞いたことはあるかも」

ハンドクラップダンス。

一言で言えば、手足を大きく動かして、飛んだり跳ねたりするダンスである。

初心者でもできる簡単な振り付けでありながら消費カロリーが激しく、自宅で楽しくできるエクササイズとして一時期話題になった。

「えー、できるかしら？　私、ダンスなんてやったことないんだけど」

「振り付け簡単だから、大丈夫だと思いますよ」

「……じゃあ、やってみる」

スマホをテーブルの上に置いて、動画を流す。

ハンドクラップ動画は種類がたくさんあったが、初心者向けの簡単なものを選んでおいた。

画面のダンサーさんの動きに合わせて、二人でダンスをする。

「んっ……はっ、はっ」

音楽に合わせて飛んだり跳ねたりしながら、左右の足に順番に手で触れる。

体の前で触れた後は、体の後ろで触れてみたり。

その後は手を大きく回し、そしてまた飛んだり跳ねたり。

「はっ、はっ。このぐらい簡単なら、私にもできそうね」

息を荒くしつつ、綾子《あやこ》さんは楽しげに飛んだり跳ねたり。

「はっ、はっ……ああ、でもやっぱり、ずっとやってると辛《つら》いかも……」

飛んだり跳ねたり。

「う～……、が、頑張らなきゃ……！」

綾子《あやこ》さんは必死に踊り続けるけど……俺の方は段々と動きが止まる。

画面を見てダンサーさんと一緒に踊らなきゃいけないのに、気がつけば綾子《あやこ》さんにしか目が行かなくなってしまっていた。

「あ、あれ……？　どうしたの、タッくん？」

「……綾子《あやこ》さん。一旦、休憩しましょう」

「どうして？　もう疲れちゃったの？」

「そうじゃなくて」

俺は言う。

羞恥心を押し殺して、言う。

「お、おっぱいがとんでもないことになってます……」

「……え⁉」

「揺れまくってて……見てられないっていうか、見ずにはいられないっていうか」

尋常ならざる暴れっぷりだったと言えよう。

もうね……ブルンブルン、擬音が聞こえそうな勢いだった。

ヤバい。

今の動きはヤバい。

全然露出とかしてないのに、18禁の光景としか思えなかった。

上下運動の激しいハンドクラップダンスは……綾子《あやこ》さんのような極上のスタイルを持つ女性にとっては、予想外のハードルがあったらしい。

「や、やだ……」

恥ずかしそうに胸を押さえる。

「ごめんね、全然気づかなくて」

「いえ……」

謝られることではない。

むしろお礼を言いたいぐらいなので。

言わないけど。

「一応、スポーツブラはつけてたんだけど……やっぱり一つじゃダメね。このぐらい激しく動くなら、ちゃんとサラシとか巻いとかないと」

「……いろいろ大変そうですね」

「そうなのよ。昔から運動するときはなにかと大変で……。重いし、揺れすぎると痛いし」

物憂《ものう》げに息を吐く。

「はあ。ほんと、運動するときは誰かに持っててもらいたいわ」

「え？」

「え？」

ポロリと漏れた発言に、俺達は顔を見合わせる。

「タ、タッくん、なにその真面目な顔……」

「……では、僭越《せんえつ》ながら」

「いやいや！　違う違う！　今のは冗談だから！　本当に持とうとしないで！」

「でも、綾子《あやこ》さんのためですから」

「ダメダメ！　もう、ダメだってば……」

楽しいやり取りをしつつ、ダンスを再開する。

今度は、きっちりとサラシを巻いてから。

嬉《うれ》しいような、悲しいような。


そんなこんなで、二人で一時間程度、楽しくトレーニングした。

「はぁー……疲れたぁ……」

綾子《あやこ》さんは疲労の息を吐き、タオルで汗を拭き取る。

「お疲れ様です」

「うん……。タッくんは全然、平気そうね」

「まあ、このぐらいなら」

「……やっぱり若さね、若さ」

「拗《す》ねないでくださいよ」

いじけてしまう綾子《あやこ》さんを慌ててフォローした。若さではなく、日頃の運動量の問題な気がするけど……まあ、それは言わないでおこう。

「ところで今日、晩ご飯はどうします？」

「あー……作る元気ないかも」

「じゃあ、どこか食べに行くとか？」

「……食べに行く元気もないかも」

かなり疲れた様子だった。

「そうね……。宅配ピザとかどうかしら？」

「……いいんですか？　そんな、せっかく消費したカロリーを全部台無しにするような晩ご飯にしちゃって？」

「い、いいの！　比較的カロリー少なそうなピザを選べば大丈夫なの！」

というわけで、晩ご飯はピザに決定。

電話でシーフード系のピザを頼んだ。おそらくカロリーは決して低くはないと思うけど、まあいいだろう。飲み物をウーロン茶にすることでどうにか調整できたと考えよう。

「ピザ来るまでに着替えちゃわないとね」

「そうですね。……でも綾子《あやこ》さん」

ふと思いついて、俺は問うてみる。

「なんで急に運動しようなんて思ったんですか？」

「……え？　べ、別に理由なんてないわよ。なんとなく思い立っただけで……。ほら、私、ずっと運動したいっては言ってたじゃない？」

「言ってましたけど……言ってるだけでずっと運動してなかったので」

「う……」

「俺がそれとなく勧めても、その瞬間はいい返事するんだけど、結局やらなかったような」

「うう……」

「まあ、全然いいんですけどね。運動して悪いことなんてないんですから」

前々から綾子《あやこ》さんの運動不足はちょっと気になっていた。

痩せてほしいとは思ってはいないけど——全く思ってないけど、デスクワーク中心の仕事をしているだけに、健康のために少しは意識して運動した方がいいんじゃないかと心配していた。

だから今日、自主的にトレーニングを申し出てくれたことはとても嬉《うれ》しい。

だけれど。

「ただ、急にやろうと思った理由だけが気になって」

気になるし、知りたい。

これからも積極的に運動してもらうために、今回の動機はチェックしておきたい。

「えー、えぇー……理由って」

露骨に動揺する綾子《あやこ》さん。

「い、言わなきゃダメ？」

「ダメではないですけど……え？　言えないような理由なんですか？」

「そ、そういうわけじゃないけど」

「さっき、狼森《おいのもり》さんがどうとか言ってましたけど、なにか言われたんですか？」

「……う、うん。言われたと言えば、言われた感じで」

顔を赤らめ、もじもじと指を絡《から》ませながら続ける。

「狼森《おいのもり》さんが……か、彼氏のためにも体は鍛えた方がいいって言うから」

「彼氏、俺のためですか？」

「うん……鍛えれば、タッくんが喜ぶって」

「気持ちは嬉《うれ》しいですけど……でも俺のために無理することはないですよ。前も言いましたけど、俺、綾子《あやこ》さんが太ってるなんて思ったことないですから。まあ健康のために運動した方がいいとは、少し思ってますけど」

「あ、そうじゃなくてね……もちろん、体型的にも健康的にも運動した方がいいとは思ってるんだけど……狼森《おいのもり》さんが言ってたのは、また別の目的で」

「別の目的？」

「え、えっとね……」

また言《い》い淀《よど》む綾子《あやこ》さん。

さすがに俺の方も焦《じ》らされてる気持ちになってきた。

「そこで止められるとかなり気になるんですけど」

「えー……し、知りたい？」

「はい」

「どうしても？」

「結構」

「……笑わない？」

「たぶん」

「……引かない？」

「おそらく……いやもう、いい加減言ってくださいってば！　聞いてみなきゃわかんないですから」

「うう～……わ、わかったわよ」

赤くした顔を両手で隠しながら、小声で語り始める。

「お、狼森《おいのもり》さんに教えてもらったのよ……。女の人はね、ちゃんと運動して体を……腹筋や下半身を鍛えておくと──」

死ぬほど恥ずかしそうな声で、綾子《あやこ》さんは言う。

「──し、締まりがよくなるんだって」

最初は、なにを言ってるのかよくわからなかった。

「締まり……？　え？　締まりってなんですか？」

「……し、締まりは、締まりよ……それしか言えない」

「えっと……なんの締まりですか？」

「な、なんのって……うう〜、だから……あ、あ、あそこの……」

「あそこ……？」

羞恥で悶《もだ》えながら説明されるもいまいちピンと来ず……それでも必死に考えて、考えて考えて──そしてようやく、ピンと来た。

「……ええ⁉」

そういう意味⁉

あそこって、本当にあそこのこと⁉

締まりって、その締まり⁉

「ちょっと、綾子《あやこ》さん……ええ……えええー……？」

「ひ、引かないでよ、タッくん……！　もぉ～……！　だ、だから言いたくなかったのに！」

真っ赤な顔で泣きそうになる綾子《あやこ》さんだった。

いやでも、これはさすがに驚く。

筋トレの動機としてはあまりに予想外だった。

「お、狼森《おいのもり》さんから言われたんですか？」

「うん……。この前、飲みに行ったときに」

「……そ、そういう話するんですね、やっぱり」

「ち、違うわよ！　向こうが勝手に話してきたの！　やっぱりってなに⁉」

女同士の下ネタは時として男よりエグいと聞いたことはあったけど……いやー、やっぱり酒が入ったらそういう話もするんだなあ。

うーん。

あー、でも、ちょっと落ち着いて考えればいろいろ納得はする。

確かに……そういうトレーニングもちょっと話題になったような。

「……狼森《おいのもり》さんから、タッくんが喜ぶから鍛えた方がいいって言われて……。たぶん向こうは冗談半分だったんだろうけど……なんか、段々気になってきちゃって」

未《いま》だに呆然《ぼうぜん》としている俺に、綾子《あやこ》さんは切なそうな顔で言う。

「私、経験なかったし……自分じゃよくわからないから。運動不足は自覚あったし……もしタッくんが、あんまり喜んでなかったら、どうしようって思っちゃって」

「綾子《あやこ》さん……」

ああ、くそ。

なんで引いたみたいな反応しちゃったんだよ、俺は。

情けない。

綾子《あやこ》さんはふざけてたわけじゃない。

真剣だった。真剣に俺のことを考えてくれていた。

俺と同じように未経験で、だからこそ自分ではわからない部分で不安になり、克服しようと努力してくれた。

その健気《けなげ》さやいじらしさが申し訳なくて、そしてたまらなく愛おしかった。

胸の高鳴りのままに——彼女をギュッと抱き締める。

「え……タ、タッくん」

「…………」

「ちょ、ちょっと待って、今は、汗が……」

「ありがとうございます」

互いの汗なんて気にも留めず、強く抱き締める。

「俺のこと、いろいろ考えてくれて」

「そんな……お礼言われるようなことじゃないわよ。私が勝手にやったことだし……」

「大丈夫ですから」

俺は言った。

やはり恥ずかしかったので、ちょっと強引な口調になってしまった。

「綾子《あやこ》さんは……大丈夫です」

「え……？　大丈夫って……」

「大丈夫です」

「……つまり、その、締まり的な意味で……？」

「だ、大丈夫ってことです」

ヤバい。

なんの話をしてるんだろう、俺達は？

「あ、あー……そ、そうなんだ……。私、大丈夫なんだ……」

「ええ、もう。全然大丈夫です。なんなら……大丈夫すぎるぐらいです」

「へ、へぇー……だ、大丈夫すぎるぐらいなんだ、私……」

「…………」

「…………」

「……ま、待ってタッくん。無言が怖い……無言のハグが怖い」

「…………」

「もしかして」

「そうですね……ちょっと、我慢できなくなってます」

有り体に言ってしまえば——ちょっとスイッチが入ってしまった。

いやでも、これはしょうがないだろう？

最愛の彼女がこんなにも俺のことを考えてくれて……しかもその内容が極めて劣情を催すようなことで。

おまけに運動直後なせいか、ハグから伝わってくる体温はいつもより熱く、汗のせいか感じるフェロモンまで濃厚になってるような気がして。

この状況で我慢できる男が、果たしているだろうか？

「ま、待ってタッくん！　まだ……は、早いわよ。晩ご飯も食べてないのに」

「でも、我慢できなくて」

「私、こんなに汗かいてるし……シャワーも浴びてないのに」

「……それはむしろ」

「なにがむしろなの⁉」

「ダメ、ですか？」

「……ダ、ダメよ……だって……ああ、もう、そんな見つめないで……」

拒絶しつつもまんざらではない感じを出してくる綾子《あやこ》さん。

あと一歩押せばいけそうだったが、

「ほ、ほらっ、宅配ピザが来ちゃうから！」

その一言で我に返る。

「……あー。あ～……！」

しまった。そうだ、ピザ頼んだんだった。

あと二十分ぐらいで到着してしまう。

うわー……なんでピザなんか頼んでしまったんだ、クソぉ……！

「ね？　だから、ちょっと落ち着いて」

「……はい」

綾子《あやこ》さんは俺を宥《なだ》めつつ、抱擁から逃げていく。

ちょっと立っていられなくなって、俺はその場に尻餅をつく。

最高潮に盛り上げてったところだったので、少々キツい。

いやでも二十分あればどうにか——という思考が脳裏を過ぎるも、さすがにそれはないと自制し、自省する。

そんな短い時間で雑に済ませようとするのは、本当にただ処理をしているみたいになってしまって、さすがに申し訳ない。

男として格好悪すぎる。

……あー、でも、でもなぁ……あ〜〜……。

「じゃあ私、シャワー浴びてくるから」

「……はい」

「ピザが来たらお願いね。生活費のお財布から出していいから」

「……はい」

「そ、そんなに落ち込まなくても……」

膝を抱え込んだまま立ち上がれずにいる俺に、やや引いた様子の綾子《あやこ》さん。

しかし、

「……もう」

と少し呆《あき》れたような息を吐いた後、俺のそばでしゃがみ込む。

そして耳元で囁《ささや》く。

「——夜はちゃんと頑張るから」

今にも消え入りそうな小さな声で、しかしはっきりと。

「え……」

「は、はい！　では私はシャワー行ってきまーす！」

顔を上げる頃には、綾子《あやこ》さんは逃げるようにリビングから出て行っていた。

「…………」

バタンとその場に寝転んで、天井を仰ぐ。

様々な感情がこみ上げてきて言葉が出ないけれど、

「……ははっ」

思わず笑ってしまうぐらい、幸せなことだけは確かだった。

なんだろう。

どう表現したらいいかわからないけど、それでも一言で言うなら——

同棲《どうせい》って最高！

としか言いようがない。

第四章
解放と再会

♥

十月の初週。

残暑も綺麗《きれい》さっぱりとなくなり、過ごしやすい季節となってきた。

予想外の同棲《どうせい》開始から、早一ヶ月。

あっという間の一ヶ月だったと言っていいだろう。

瞬《また》く間《ま》に過ぎてしまったけれど……なんというか、非常に濃い一ヶ月だったと言っていいと思う。

濃厚。

なんなら、特濃。

タックんとの同棲《どうせい》生活もそうだし、仕事面でも実に充実して忙しい日々を送らせてもらっていた。

……うん。本当に。

本当に本当に。

ちゃんと仕事はしていた。

平日はほぼ仕事してたし、なんなら土日だって結構出勤した。

私は遊びに来たわけじゃない。

タックんとイチャイチャするためだけに東京に来たわけじゃない……！

担当作のアニメ化を成功させるため、単身赴任の覚悟を決めて来たんだ！

『きみの幼馴染《おさなな　じ》みになりたい』

略称——『きみおさ』

他の仕事もたくさんあるけど、今の私の仕事のメインは『きみおさ』のアニメ関係の仕事と言っていい。

脚本についてアニメ関係者と話し合う会議——『本読み』に参加したり、アニメに合わせた販売戦略を練ったり。

リモートワーク中心だった私にとっては慣れない仕事だけれど——でも同時に、ずっとやりたかった仕事でもある。

自分で言うのもなんだけれど、仕事でもプライベートでもやりたいことがしっかりできてるような、とても充実した毎日を送っていた。

「——という感じの施策で、コミカライズと合わせて原作売上も伸ばそうと考えてるんですけど、どうでしょうか？」

「うん、いいね。面白い」

金曜日の午後。

株式会社『ライトシップ』にある、会議室の一つ。

私は狼森《おいのもり》さんと二人で、『きみおさ』の販促計画を練っていた。

「さっき指摘した二点だけ注意してくれれば問題ない。この調子で進めてくれたまえ」

「わかりました。向こうの編集部にも連絡しておきます」

話し合いで出た内容をノートパソコンでメモしておく。

狼森《おいのもり》さんは資料をテーブルに置いた後、物憂《ものう》げな視線を向けてきた。

「歌枕《かつらぎ》くん、今日はこれから『本読み』だっけ？」

「はい。十五時から」

「大変だねえ。ちょっと頑張りすぎじゃないのかい？」

「大丈夫ですよ。『本読み』も最初はちょっと大変でしたけど、だいぶ慣れてきましたし、みなさんいい人で助かってます。それに」

「それに？」

「忙しいですけど……楽しいです。思い切り仕事できてるんで」

私は言った。

「今まではどうしても、やりたい仕事でも我慢しなきゃいけないこと多かったですから。美羽《みう》が小さいうちは……仕事より母親としての役目を優先しなきゃいけなかったですし」

「………」

「あっ。嫌だったわけじゃないですよ！　美羽《みう》の母親になるっていうのは、私が決断したことで、後悔はしてないんですけど……でも、なんていうか」

「いや、言いたいことはわかるよ」

狼森《おいのもり》さんは薄い笑みを浮かべる。

皮肉げで、しかしどこか寂しそうな笑みを。

「仕事を取るか、子供を取るか……女にとっては、いつになっても難しい問題さ」

目を細めて遠くを見るようにして言った後、

「ま、楽しいならなによりだ。存分に働いてくれたまえ」

仕切り直すように言って、いつものシニカルな笑みを浮かべた。

「うんうん、歌枕《かつらぎ》くんは公私ともに充実してそうでなによりだよ。やりたい仕事もできてるし、彼氏ともラブラブだし……これも全て、私の企《たく》みのおかげかな？」

「…………」

なにも言いたくなかったので、無言で顔を逸《そ》らしておく。

なんだろう。

実際には狼森《おいのもり》さんの言う通りで、仕事は楽しいし、タッくんとの交際も順調だし、全体的にとても幸せなのは間違いない。

遠距離恋愛になってたら、もっといろいろ問題は起きてたと思う。

狼森《おいのもり》さんの悪巧みのおかげと言ってしまえば確かにその通りだし、私は感謝した方がいいのかもしれないけど……なんだかなあ。

面と向かって感謝はしたくないなあ。

どこか釈然としない部分があるんだよなあ。

「……じゃあ、私は『本読み』の準備があるので」

「あ、ちょっと待ってくれ」

出て行こうとする私を呼び止める狼森《おいのもり》さん。

そして自分の鞄《かばん》から、綺麗《きれい》に包装された小箱を取り出す。

「明日、誕生日だったろう？　明日は会えないから今渡しておく。おめでとう」

「……わあっ。ありがとうございます」

お礼を言って、手渡された小箱を受け取る。

私、歌枕綾子《かつらぎあやこ》。

三ピー歳。

明日の誕生日で、とうとう三ピー歳となります。

「手渡しするのは久しぶりかな？」

「そうですね、何年ぶりだろう……わっ。すごいっ、オシャレなチョコレート……。いつもいつもありがとうございます」

狼森《おいのもり》さんは、社員の誕生日には毎年プレゼントを渡している。

東北でリモートワークメインで働いている私にも、毎年きちんと宅配で高級なお菓子を贈ってくれていた。

とてもいい社長さん。

……うん、いい人なのよねえ、たぶん。

根はいい人のはずなのよ……うん。

「歌枕《かつらぎ》くん、三ピー歳になるんだっけ？」

「……あんまりはっきりと言わないでくださいよ。この年になるともう、誕生日なんてあんまり嬉《うれ》しくないんですから」

三十過ぎてから特にその感覚が強い。

子供の頃はあんなにも待ち望んでいたはずの誕生日が、今は手放しには喜べないイベントになってしまっている。

嬉《うれ》しくないわけじゃないけど、どうしてもやるせなさや倦怠《けんたい》感を伴うというか。

ああ、また年を取っちゃったなあ……と感じてしまうというか。

「明日誕生日だっていうのも、すっかり忘れてました。美羽《みう》の誕生日は絶対に忘れないんですけど」

「歌枕《かつらぎ》くんらしいね。しかし今年はいつもとは違うだろう？」

苦笑する私に、狼森《おいのもり》さんは言う。

「なんたって今年は、彼氏のいる誕生日だろう？」

「…………」

ああ、そっか。

今年の誕生日は、今までとは違う。

私にとっては初めての、彼氏がいる誕生日――

「せっかくの記念日なんだから、存分に甘えさせてもらうといい。誕生日は一年に一度、女の子がお姫様になれる日だからね」

「……女の子って年でもお姫様って年でもないんですけど」

「気にしない気にしない」

狼森《おいのもり》さんは楽しげに笑う。

私は溜息《ためいき》を吐くも――胸の奥では、期待が膨らむのを感じていた。

自分の誕生日を前にこんな気持ちになるのなんて、いったいいつ以来だろう。

♠

今回の同棲《どうせい》生活では綾子《あやこ》さんのサポートをするつもりでやってきた俺だけれど、しかしそれが全てというわけではない。

自分のためにやらなければならないこともある。

自分の将来やキャリアのために。

株式会社『リリスタート』

主にWebサービスやアプリ事業を手がける、新進気鋭のベンチャー企業。

狼森《おいのもり》さんの知り合いが経営していて、俺はそこで三ヶ月間、インターン生として働かせてもらう予定になっている。

勤務時間や仕事量は正社員の方達とは比較にならないが、それでも仕事は仕事だ。大学の単位になるし、給料だってもらえる。

なにより——ある種コネのような形でねじ込んでしまったインターンだ。

紹介してくれた狼森《おいのもり》さんの顔に泥を塗らないためにも、人一倍真面目に働かなければならないだろう。

まあ。

人一倍と言っても、今回『リリスタート』でインターンをする大学生は、俺以外には一人しかいなかったのだけれど。

ちなみに。

そのインターン生は、俺の高校の同級生という、すごい偶然があったのだった——

「──ねえ巧《たくみ》くん、ありえないと思わない？」

金曜日。

昼食時のカフェ、である。

今日も今日とて俺は、『リリスタート』で働いていた。

午前の業務は終わって、今は昼休憩。

もう一人のインターン生と一緒に、外に食べに出ている。

「ん──……そ、そうだな」

曖昧な返事をしつつ、対面に座る相手を見る。

愛宕有紗《おだきありさ》。

俺の高校の同級生で、東京の大学に進学した。

そして今は、俺と同じように『リリスタート』でインターンをしている。

単なる同級生というわけではなく、元恋人……というわけでもなく。

一時期恋人のフリをした関係で、それで俺は一度告白されているという大変説明が難しい関係なのだが……まあ、もう全部終わった話だ。

綾子《あやこ》さんにも全部話して、綺麗《きれい》さっぱり解決している。

今はただの友人で、インターンの同僚。

とは言え……こうやって二人で一緒に昼食を摂《と》ることは、もしかしたら避けた方がいいのかもしれないけど……あんまり気を遣いすぎるのはもうやめた。

ちゃんと綾子《あやこ》さんにメッセージ送ったしね。

今日の昼は愛宕《おだき》に誘われたので一緒に食べます、って。

綾子《あやこ》さんの方も特に気にはしてなさそう。愛宕《おだき》の方にもちゃんと彼氏がいるってわかってから、安心した様子だったし。

……まあ。

今日昼飯に誘われた理由も、実はその彼氏についての相談だったりするんだけど。

「ありえない……ありえないって」

憤懣《ふんまん》やるかたなしといった様子で、愛宕《おだき》は言う。

「まず、トイレをちゃんと閉めないのがありえないじゃん。本人は閉めてるって言ってるけど、微妙に開いてるんだよ、微妙にちょっとだけ。ありえないよね？　トイレするなら普通、きちんと全部閉めるよね？」

「ま、まあ」

「しかも、しかもだよ？　流してから出てくるまで異様に早いと思ったら……なんと、手を右手しか洗ってなかったの！　右手だけ！　問い詰めたら『汚いところ触ってるの右手だけだから』って……いやいや、違うでしょ。手を洗うってそういうことじゃないじゃん。それとも男ってみんなそういうものなの？　巧《たくみ》くんも右手だけ洗う人？」

「いや、俺はちゃんと両手を洗うけど……」

どんどんヒートアップする愛宕《おだき》にたじたじとなる。

すでに食事は終わってるとは言え、飲食店なのだからあんまり大きな声でトイレの話はしない方がいいと思うんだけど……それを指摘できる空気ではなかった。

愛宕《おだき》には付き合って二年ぐらいになる彼氏がいるらしい。

近々同棲《どうせい》も考えているそうだが……お互いの家を泊まったりしているうちに、いろいろと不満が出てきたそうだ。

「なんていうかもう、全体的にズボラなんだよね。この前私の家に泊まったときもさ、ちょうどゴミの日だったから『出しといて』ってお願いしたんだけど……本当にただ、ゴミ箱からゴミ引っ張って出してきて終わりでさ。普通、ゴミ箱に新しいゴミ袋セットするよね？　そこまででワンセットだよね？」

「ま、まあ」

「そこ注意したら『俺は言われたことはやった。やってほしいなら新しいゴミ袋セットしてって言えばいいだろ。そうしたらやった』みたいな反論してきてさ……！　ああもう、イライラする！　男ってみんなこうなの？　巧《たくみ》くんも？」

「いや、俺はちゃんと新しいゴミ袋もセットするよ。どっちかっていうと綾子《あやこ》さんの方がたまに忘れるから、気づいたときは俺がセットしてる感じで」

「……えー。なにそれ」

盛大な溜息《ためいき》を吐く愛宕《おだき》。

「巧《たくみ》くん、完璧じゃん。超いい彼氏じゃん。もう私、巧《たくみ》くんと付き合っちゃおうかな」

「……おい」

「あはは、冗談。巧《たくみ》くんには素敵な彼女がいるんだもんね」

軽く笑った後、また表情に不満と不安を滲《にじ》ませる。

「でもちょっと心配になってきちゃったよ。一応今、同棲《どうせい》するためのアパートとか探してるんだけどさ……こんなんで私達、ちゃんとやっていけるのかな？」

「……大丈夫だろ」

俺は言った。

特に根拠もないけど、なんとなく。

「いざ暮らしてみたらどうとでもなるさ。それに、ちょっと羨ましいし」

「羨ましい？　どこが？」

「なんつーか、あんまり肩肘張ってなさそうなところが」

「…………」

「俺と綾子《あやこ》さんはむしろ真逆で……最初はお互いに気を遣いすぎてたところあったから。無理して完璧な彼氏彼女演じようとして、お互いに気を許せるときが少なかったっていうか」

付き合ってすぐの同棲《どうせい》だったというのも大きいと思う。

初々《ういうい》しいまま、どこか緊張したまま、いきなり共同生活が始まってしまった。

二人とも、相手から嫌われることに怯《おび》えるあまり、言いたいことも言えずに遠慮ばかりしていたように思う。

「まあ、今はだいぶ慣れてきたけどな。だいぶ自然に生活できるようになってきた」

「ふぅん。そういうもんか。カップルによっていろいろだね」

いろいろ。

そう、本当にいろいろだろう。

まして俺達は十歳以上の年の差カップルで、世間的に見れば少々珍しいタイプの関係なのだから。

一般的な価値観や恋愛観に当てはまるとは限らない。

自分達なりの正解を、徐々に見つけていけばいいのだ。

「……あっ。そういえばさ」

グラスに残っていた水を飲み干した後、思い出したように愛宕《おだき》は言う。

「綾子《あやこ》さん、もうすぐ誕生日なんだっけ？」

「明日が誕生日」

「へえ、そっか。なにか考えてるの？」

「もちろん」

俺は言う。

「実は——ちょっとしたサプライズを用意してある」

♥

「……っ、疲れた」

時刻は夜の七時過ぎ。

マンションのエントランスをくぐり、足を引きずるようにして部屋へと向かう。

疲れた。

今日も疲れた。

段々慣れてきたと思った『本読み』だけど、やっぱり大変なものは大変。今日も予定終了時間より一時間長引くという、ある意味予定通りの展開。

長時間の会議はやっぱり精神的にすごく疲れる。

「疲れたぁ……。お腹《なか》減ったぁ……」

うめき声を上げながら、エレベーターを降りる。

タッくんは今日インターンだったけど、もう帰ってきてるらしい。メッセージによれば、すでに晩ご飯は用意してあるとのこと。

相変わらず素敵な彼氏すぎて申し訳なくなってくる。

でも……まあ、あんまり申し訳なく思うのもやめた方がいいわよね。

遠慮ばかりしていてもお互いに疲れるだけだし、タッくんの優しさに存分に甘えさせてもらおう。

それに。

なんたって——私、明日誕生日だし！

だったら……たまには思い切り甘えちゃってもいいのかも！

狼森《おいのもり》さんだってそう言ってたし……それに。

思い切りベタベタデレデレ甘えたりできるのも、東京で同棲《どうせい》生活しているうちだけだもんね。

向こうに帰ったら、今よりは確実に二人で過ごせる時間は減ってしまうわけだし。

「……よし」

決意を固めてから、玄関のドアに手を伸ばす。

よーし、甘えるぞ！

誕生日もある今週末は、タッくんに全力で甘えるに決定！

年齢なんて気にしない！

お姫様になったつもりで誕生日を満喫してやる！

「――タッくん、たっだいまー！　綾子《あやこ》ちゃんのお帰りですよーっ！」

ドアを開けた直後から、私は意識してスイッチを入れた。

こういうのは中途半端《ちゅうとはんぱ》が一番恥ずかしいからね！

甘えるときは甘える！

デレるときはデレる！

メリハリが大事！

「あ～ん、もう、疲れた疲れたつ～か～れ～た～。綾子《あやこ》ちゃんはお仕事頑張りすぎて疲れてしまいました～。もう動けな～い！」

甘えた声で言いながら、靴も脱がずに玄関に寝そべる。

「も～ダメっ！　靴脱ぐ元気もない！　タッくん、靴脱がして～。ぬ～が～し～て～っ！　靴もタイツもぜ～んぶ脱がしちゃっていいから！」

手足をジタバタさせて、暴れながら訴える。

「はぁ～～、もう無理無理、な～んもしたくな～い！　決～めた！　もう綾子《あやこ》ちゃん、今日はなんにもしませ～ん！　ぜ～んぶタッくんがやって！　おんぶしてー、抱っこしてー、お姫様だっこで運んでってー」

……さすがにやりすぎかしら？

いやっ！

そんなことない！

今日は特別！

なんたって私、明日誕生日だもん！

今週末はお姫様なんだもん！

「綾子《あやこ》ちゃん、一人じゃ服も脱げませ〜ん！　タックんが脱がして〜。スーツも下着も全部脱がせて〜っ！　うふふふ……嬉《うれ》しい？　脱がせたいでしょ？　知ってるのよ、タックんって本当は結構エッチさんだもんな〜。えっちっち〜」

ああ、なんだろうな。

段々と恥ずかしさとか消えてきたかも。

楽しい。甘えるの楽しい！

「ふふふ〜、また一緒にお風呂《ふろ》入っちゃう〜？　綾子《あやこ》ちゃん、一人じゃ体も洗えないから、タックんに洗ってもらっちゃおっかな〜。あれこれも全部洗ってもらっちゃおっかな〜。そしたら……綾子《あやこ》ちゃんも洗ってあげる！　タックんのこと、隅から隅まで洗ってあげちゃう！」

……なんだかもう、お姫様でもなんでもなく、ただ単純にキャラが迷子になってるような気もするけど——でも、まあいいでしょう。

どうせ二人きりだし！

誰かに見られるわけじゃないし！

「もう～、なにしてるのタッくん？　早く来て～、お迎えに来て～。構って遊んで抱っこして～、いっぱいいっぱいイチャイチャしてくれなきゃ、やだ～。やだやだやだやだ～」

なかなか来ないお迎えに焦《じ》れて、スーパーで欲しいお菓子を買ってもらえなかった五歳児みたいなノリでジタバタ暴れていると――

ようやく、部屋の奥から物音がした。

足音が段々と近づいてくる。

来た。

期待が最高潮に高まる。こんなにも甘え上手な私を見て、タッくんはどんなリアクションをしてくれるかな、と。きっと彼ならこんな私でも受け入れてくれて最高に甘やかしてくれるに違いない、と。

しかし。

顔を上げた瞬間、有頂天になっていた心は――奈落の底へと突き落とされる。

「…………ママ」

目を疑った。

信じられなかったし、信じたくなかった。

本気で信じたくなかった。

夢だと思った。夢であってほしかった。

これが夢になるなら五億の借金を背負ってもいいと思った。

でも……何度瞬《まばた》きしても目を擦っても、見上げる顔は変わらない。

「……み、みみ、美、羽……？」

美羽《みう》、だった。

部屋の奥から出てきたのは、愛しい愛しい娘だった。

彼女は、世界中の絶望と悲哀を集めて煮詰めたような顔つきとなって、玄関で靴も脱がずに仰向けとなっている私を見下ろしていた。

いったい、どんな気分なんだろう？

一人称が『綾子《あやこ》ちゃん』で、床に寝っ転がってジタバタ暴れて、そして彼氏とお風呂《ふろ》でエッチなことしたがってる三十路《みそじ》超えの母親を目撃したとき、思春期の少女は果たしてなにを思うのだろう？

私は金縛りを起こしたように動けなくなる。

血の気が引きすぎて、失神しそうになってしまった。

およそ一ヶ月ぶりの愛娘《まなむすめ》との再会は、地獄みたいなシチュエーションだった。

えげつない空気が部屋に満ちていた。

気まずさの極致みたいな空気。

私と美羽《みう》はキッチンのテーブルに向かい合って座っている。

でもお互いに……一向に目を合わせようとしない。

「……まあ、だから、そういうわけで……うん。タク兄に呼ばれて、こっそり内緒で来たわけ。ママが明日誕生日だから、今週末は三人で過ごそうって」

「……へ、へぇ」

「……私は遠慮したんだけど、タク兄は私もいた方がいいっていうから。サプライズにしたいから、ママには黙っててって言われて……」

「……ふ、ふぅん」

「あとタク兄は今……サラダのドレッシングがなかったから買いに行ってる」

「……そ、そう」

お互いに俯《うつむ》いたまま、ポツポツとぎこちなく会話をする。

とりあえず、美羽《みう》がここにいた理由はわかった。

タッくんの計画だったらしい。

私の誕生日を祝うためのサプライズだったらしい。

やっぱり私の誕生日には美羽《みう》も一緒がいい、三人で一緒にお祝いがしたいとか、そういう狙いなのかしら？　なるほど、タッくんらしい。

でも……でもね、タッくん。

一言だけ言っていい。

タッくんは悪くないのはわかってるけど、一言だけいい？

なんっっっってことしてくれたの、あなた……！

「…………」

「…………」

一通りの状況説明が終わると、また二人で沈黙。

キツい。

気まずい。気まずすぎて、なんかもう吐きそう。

なにこれ？　なにこの状況⁉

人生の中でもぶっちぎりに恥ずかしい失態！

娘にあんなところ見られるなんて……！

ああもう、死にたい……恥ずかしくて死にたい。

これから先、私はどんな顔して美羽《みう》の母親やってけばいいの……？

「……あの、ママ」

沈黙に耐えかねたのか、美羽《みう》が口を開く。

「ど、どんなことがあっても……ママは私のママだからねっ」

「……そんなぎこちなく笑わないでぇええ……！」

ギギギって音が聞こえてきそうなぐらい引《ひ》き攣《つ》った笑い方！

全力で気を遣われてる！

できる限りの優しさで私を包み込もうとしている！

「だ、大丈夫だよ……。私、今日見たことは全部忘れるから。うんうん……見なかったことにする。だからこれからも私達は、ちゃんと普通の親子としてやってけるよ。……表向きは」

「表向きはってなに⁉」

本音じゃもう無理なの⁉

これまでの関係には戻れないの⁉

積み上げてきた十年がリセットされるぐらいの出来事だった⁉

「う、うう……やめてよ、美羽《みう》。変に優しくしないでよ。いっそイジって。いっそ詰《なじ》って。いつもみたいにからかって笑いにして……」

「……いや、無理だって。さすがの私も、笑うに笑えないよ」

作り笑いを消し、心底げんなりした表情で美羽《みう》は言う。

「母親のあんな醜態、どう対処していいかわからないよ……」

「しゅ、醜態って……」

「ていうか……泣きたいのはこっちだから。どっちかって言ったら私の方が被害者だからね。一生モノのトラウマだよ」

「うう」

なにも言えない……。

そうよね、むしろ被害者は美羽《みう》よね。

私だって自分の母親が玄関であんなことしてたら……ちょっと家族のあり方というのを見つめ直したくなってくるもの。

「まさかママとタク兄が、あんなバカップルよりもバカップルみたいな気持ち悪いノリで同棲《どうせい》生活を楽しんでたなんて……」

「ち、違うの！　いつもあいうことしてるわけじゃないの！　今日は、その……あ、明日、私が誕生日だから……」

「誕生日だから、なに？」

「誕生日だから……今週末はたっぷり彼に甘えちゃおうと思って、ハメを外してあんな態度を取ってしまった次第であります……はい」
ダ、ダメだわ。
言い訳のしようがない。

なんの理由にもなってない。

美羽《みう》の冷たい視線が怖くて、思わずていねい語になっちゃったし！

ああ……どうしてこんなことに。

視線が痛い。軽蔑と憐憫《れんびん》の視線が痛い。

もはや私の母としての威厳は未来永劫《えいごう》消え失《う》せてしまったのかもしれない。将来美羽《みう》がなにか間違いを犯して注意しようとしても、今日のこと引き合いに出されたらなにも言えなくなっちゃう……！

終わった。

母親として終わった──

「……はぁー。あーあ」

失意のドン底となる私に対し、美羽《みう》はこれ見よがしに大きな溜息《ためいき》を吐いた。

「ま、いいんだけどね、別に」

「え……」

「絶望したし呆《あき》れたしドン引きしたし怖かったし哀れんだし居たたまれなくなったし死にたくなったけど……でも、ちょっとだけ安心した」

「あ、安心……？」

「うん。ママとタク兄、仲良くやってるみたいで安心した」

そう言って美羽《みう》は笑う。

さっきまでのぎこちない作り笑いではなく、自然な笑い方だった。

「二人のことだから、同棲《どうせい》して一ヶ月経《た》っても他人行儀のままだったらどうしようかって心配してたから。完全に余計な心配だったね」

「………………」

「まあ仲良すぎるのもどうかと思うけど。さすがに一人称が『綾子《あやこ》ちゃん』になって甘えてるのは、ちょっと……」

「〜〜っ！　だ、だから今日だけなの！　いつもあんなじゃないから！　本当に違うからね！　いつもはもっと、こう……実に自然体で、格好いい大人のカップルという感じで……」

「なんでもいいよ」

必死に弁明するけど、美羽《みう》はまるで相手にしてくれない。

納得したように微笑《ほほえ》んでいる。

「うちに帰ってきたらまたしばらくは別々の家で暮らさなきゃいけないわけだからね。今のうちに思う存分、二人きりの世界を堪能《たんのう》してくださいな」

「美羽《みう》……」

寛容かつ包容力あふれる態度になにも言えなくなってしまう。

相変わらず、大人びてるというか冷静というか。

娘がしっかりしすぎてて親の面目丸つぶれっていうか。

「帰ってきたら、今度はたっぷり私のお世話してもらわなきゃだからね～」

「……調子に乗らないの。そっちの生活はどうなの？　お婆《ばあ》ちゃんにばっかり家事やらせてないで、美羽《みう》もちゃんと手伝ってる？」

「やってるやってる」

「勉強は？」

「やってるやってる」

「本当に？」

「ほんとほんと」

「お婆《ばあ》ちゃんに確認取ってもいい？」

「………」

「なんでそこで黙るのよ！」

そんないつも通りの親子のやり取りをしていたところで、

「――ただいまー。あっ。綾子《あやこ》さん、帰ってきてたんですね」

タッくんが買い物から帰ってきた。

それぞれの近況報告をしながら、三人で一緒に夕飯を食べた。

こんな風に三人で一緒に夕飯を食べるのは結構久しぶり。

向こうにいた頃は、タッくんに家庭教師してもらった後、そのままの流れで晩ご飯も一緒に食べたりすることも多かったけど。

「……はあ。もう、本当に驚いたわ」

タッくんと二人で洗い物をしながら、溜息《ためいき》混じりに言う。

美羽《みう》は一応ゲストとなるので家事には参加せず、ソファに寝転んでスマホを弄《いじ》っている。早速我が家のようにくつろぎ始めてるわね……。

「まさか私に内緒で美羽《みう》を呼んでたなんて」

「すみません。ちょっと、サプライズしてみたくて」

苦笑しつつも、少し嬉《うれ》しそうなタッくん。

本人的にはサプライズが成功したつもりなのだろう。

まあ……ある意味大成功だったわよね。

一生忘れられないサプライズになりそう。

私達母娘《おやこ》の間に死ぬまで消えない思い出が刻まれた気がする……。

「やっぱり綾子《あやこ》さんの誕生日は、美羽《みう》と一緒に祝いたいと思ったんです」

「そ、そうね……」

気持ちはすごく嬉《うれ》しいんだけどなあ……！

私が余計なことしないで普通のテンションで帰宅してれば、本当に平和で幸福なサプライズだったんだけどなあ！

ああ……なんであんなことしちゃったんだろう、私。

絶対、狼森《おいのもり》さんのせいよ。

全部あの人が悪い……！

「あの……もしかして、嫌でしたか？」

数十分前の悲劇を思い出して私が絶望の表情を浮かべてしまったからだろう、タッくんは不安そうな顔で問うてきた。

「付き合って最初の誕生日だし、二人でお祝いした方がよかったですかね……？　ごめんなさい、俺もいろいろ考えたんですけど……」

「う、ううん、違うの。そうじゃなくて」

慌てて否定する。

「ドアを開けたら美羽《みう》がいて……ちょっと驚いたけど」

ちょっとどころじゃなくて、死ぬほど驚いたけど。

深いトラウマが刻まれたけど。

でも、話しているうちに段々と――

「なんだか……ホッとしちゃった」

ホッとした。

最初は気まずくてどうなるかと思ってたけど、落ち着いて話したり一緒にご飯を食べたりしているうちに、心が穏やかになっていくのを感じた。

「やっぱりどこか、後ろめたい気持ちがあったのかしらね？　子供を一人にして東京に来ちゃって、思う存分仕事して、そして彼氏とも一緒に暮らしちゃって……」

同棲《どうせい》生活が充実すればするほど——どこか晴れない気持ちもあった。

美羽《みう》を一人残して、好き勝手して申し訳ない。

母親として申し訳ない。

そんな使命感にも似た罪悪感が、心の奥にほんの少しだけ芽生えていた。

「まあ、こんなの私が勝手に思ってるだけなんだけどね。美羽《みう》の方は、今回の東京行きを応援してくれてたんだし。私が一人で責任を感じてただけの話で……なんだろ、結局子離れできてないだけなのかしらね？」

苦笑しつつ、私は言う。

「だからね……タッくんが美羽《みう》を呼んでくれて、本当に嬉《うれ》しいわ。美羽《みう》と一緒なら、心置きなく自分の誕生日を満喫できそう」

よくも悪くも、私は骨の髄まで母親なのだと実感する。

自惚《うぬぼ》れでも自慢でもなく、そう思う。

どうしたって子供中心に物事を考えてしまう。

美羽《みう》を引き取ってからの十年、そうやって生きてきた。

子離れなんてまだまだできそうにもない。

彼氏ができてもこんな考え方をしてしまう女は、もしかしたら世の中の男性からの評価はだいぶ低くなってしまうのかもしれない。

でも。

私を選んでくれた人は――そして私が選んだ人は、こんな私の面倒臭い感情を、誰よりも理解してくれる人だった。

「よかったです、喜んでもらえて」

タックんは嬉《うれ》しそうに笑う。

「あっ、でも」

顔を近づけてきて、こっそりと耳打ちで告げる。

「二人でのお祝いは、美羽《みう》が帰ってからまた別でやる予定ですから」

「……え?」

別で⁉

二人で⁉

「美羽《みう》を呼んで三人で祝うか、それともせっかく同棲《どうせい》してるんだから二人きりでお祝いするか……悩みに悩んだ結果、二回やればいいという結論に至りました」

「え、ええ ̄……そんな、いいの？　二回もお祝いしてもらえるなんて」

「いいんじゃないですか？　減るもんじゃないですし」

「だって、私……もう、そんな年じゃないし……」

「年齢は関係ないですよ。俺がやりたいからやるだけです」

にこりと笑って言う。

ああもう、なんなのかしら、この彼氏？

ちょっと完璧すぎない？

私、こんなにもてなされちゃっていいの？

なんていうのかなあ。今になって思えば、誕生日だからって変に気合い入れてこっちから甘えようとしてたのは間違いだったわよね。

だって――タッくんは私からなにもしなくても甘やかしてくれるんだもの！

いつもお姫様みたいに扱ってくれる！

はあ、幸せっ。

「……なにニヤニヤしてるの？」

「――っ!?」

横からの冷静な声で我に返る。

いつの間にかキッチンに来ていた美羽《みう》が、冷めた目で私を見つめていた。

「み、美羽《みう》……」

「なんかもう、カップル通り越して新婚みたいな空気出してるよね、お二人さん。早く結婚しちゃったらいいのに」

「ちょ、ちょっと……なに言ってるのよ、もう！」

「そういえばタク兄」

ツッコむも私を華麗に無視して、美羽《みう》はタッくんの方を向く。

「明日、夜はいい感じのディナー、予約してるんだよね？」

「ああ……っておい。それ、まだ言うなって言っただろ……」

「じゃ、日中は私のターンね。二人とも、東京案内よろしくぅ」

タッくんのツッコミもスルーして、楽しげに微笑《ほほえ》む美羽《みう》。

「せっかく来たんだから満喫しないとねー。私、渋谷《しぶや》に行ってみたいなあ。今さ、渋谷のデッカいCDショップに、応援してるボーイズグループのデッカいパネルが飾ってあるんだよね。写真撮りに行きたーい」

「ちょっと、待ちなさい、美羽《みう》」

「なに？」

「ダメよ、渋谷なんて」

「なんで？」

「渋谷は……パリピーな若者の街だからよ。美羽《みう》にはまだ早いわ」

「なにその偏見……。地方のおばさん丸出しみたいなこと言わないでよ」

「地方の……!? んんっ……と、とにかくダメよ。私だってまだ、人生で二、三回しか行ったことないんだから」

美羽《みう》を行かせたくない……というよりは、シンプルにちょっと怖い。

若者の街である渋谷は、なんかちょっと怖い。

深夜の歌舞伎町《かぶきちょう》ぐらい、なんとなく怖い。

まあ……これが地方のおばさん特有の価値観なのかしらねー……？

「行くところはちゃんと三人で話し合いましょう。まあ話し合うにしても、私は明日誕生日なわけだし？　ちょっと優遇してもらいたい所存ではあって――」

「……綾子《あやこ》ちゃん」

「――っ！」

不機嫌そうな顔となった美羽《みう》が、ボソッと言った。

その一言で私の血の気はサッと引く。

「ちょ……ちょちょ……み、美羽《みう》……」

「なんだよ、美羽《みう》。綾子《あやこ》ちゃんって？」

「あのねタク兄、聞いて聞いて。ママってばさっきね――」

「わあああああっ！」

慌てて美羽《みう》に抱きついて口を塞ぎ、小声で必死に訴える。

「ダ、ダメよ、美羽《みう》……。内緒。さっきの流れは絶対内緒っ！」

「じゃあ渋谷」

「……わ、わかった。連れてってあげるから」

「新しい洋服もほしい」

「……買ってあげる」

「ソシャゲに課金もしたい」

「……していい。していいから」

「やっほーい。ママ大好きっ」

交渉で完全勝利を収めた美羽《みう》は、快哉《かいさい》を叫んで私から離れていく。

ドッと疲れてその場に尻餅をつきそうになるけど、どうにか持ちこたえた。

「よ、よくわかんないんですけど、明日は渋谷ってことでいいんですか？」

「……うん。お願い」

力なく頷《うなず》く。

やれやれ。
やっぱり母親は子供には勝てないのかもしれない。

第五章
休日と渋谷

♥

私の三ピー回目の誕生日、当日。

土曜の午前中の渋谷は、やはりたくさんの若者で賑《にぎ》わっていた。

駅の中も駅の外も、見渡す限り、人、人、人。

「わー、すごっ。やっぱり渋谷は人がすごいねー」

初渋谷の美羽《みう》は驚きを露《あら》わにしている。

東北の子供らしい、初々《ういうい》しい反応である。

私も昔は東京に来るたびにこんなリアクションしてたっけ。

とは言え……私も渋谷自体は相当久しぶりなんだけど。

うーん、なんか思ったより平和そうね。

昼間から若者が路上で屯《たむろ》してアルコールを摂取してるイメージがあったんだけど……やっぱりそれは地方のおばちゃんの偏見だったのかしら？

「美羽《みう》、最初はCDショップでいいのか？」

「そんな感じで」

タッくんの言葉に美羽《みう》が頷《うなず》き、三人で雑踏の中を進んで行く。

「ふふ〜ん。なんかテンション上がるなあ。やっぱり東京っていいよね。私も大学は東京にしよっかなあ」

「東京って……本気で言ってるの？」

「うん、結構本気」

頷《うなず》く美羽《みう》に、軽く驚く。

まだ高校一年生だっていうのに、もう大学のことを考えていたなんて。

「どっかしら遠くの大学には行きたいと思ってたからねー。仮に県内の大学に行くにしても、一人暮らしはしたいし」

「どうして？　県内ならうちから通えばいいじゃない」

「だって……」

私とタッくんの顔を交互に見て、美羽《みう》は溜息《ためいき》を吐く。

「二人の新婚生活の邪魔したくないから」

「なっ」

愕然《がくぜん》とする私。

タッくんもまた、顔を赤くしている。

「私が大学入る頃なんて、ちょうど二人が結婚してる頃だと思うんだよね。ここは娘として気を遣わねばと思って」

「ちょ、ちょっと」

「あっ。心配しなくてもちゃんと定期的に帰ってくるから。弟か妹の顔を見に」

「……もうっ。勝手に話を進めすぎよ！」

弟か妹って。

でも……確かにこのペースでタッくんとの関係が進んで行ったなら、美羽《みう》が大学に行く頃には——って、いやいや、ないない！

やっぱり気が早いって！

「実際、私がいたらそっちも気まずいでしょ？」

「べ、別に気まずくなんてないわよ。美羽《みう》がいてもいなくても、私達は変わらないもの。二人きりだからってハメを外したりは……」

「……ははっ」

失笑された！

娘から失笑されてしまった！

ああもう、やっぱり母親としての威厳が激減してる気がする。二人きりのときにどれだけイチャイチャしてるかがバレてしまっている……。

「まったく、二人とも私の前でだけ格好つけちゃってさ。どうせバカップルやるなら、もっと日頃からやってればいいのに。別に私が一緒にいるときだって、仲良く手を繋《つな》いで歩いてもいいんだよ？」

「いや、手って……」

「……繋《つな》ぎます？」

「繋《つな》がないわよ！　なんでちょっとノリ気なの、タッくん⁉」

まんざらでもなさそうな感じで手を差し出されたので、慌ててツッコんだ。

無理よ、無理無理無理。

最近ようやく、街中を手を繋《つな》いで歩けるようになってきたけど……娘の前では手を繋《つな》げないって。

どんなバカップルよ。

どんな夫婦よ。

「あっ。ＣＤショップ見えてきたっ。わー、すごっ、デッカい！　さすが渋谷！」

私達をからかうだけからかった後、美羽《みう》はマイペースに言う。

視線の先には、大手ＣＤショップチェーンの看板を掲げた大きなビルがあった。

美羽《みう》が推してるボーイズグループの巨大パネルの前で記念写真を撮ったり、今大流行してる漫画とコラボしてるカフェで昼食を摂《と》ったり、なんとなく店内を散策してみたり。

私達三人は渋谷のビルを満喫した。

「はぁー、来れてよかった。満足満足。あのパネル、来週には撤去されちゃうから、絶対に見に来たかったんだよね」

「すごい人気だったわね、あのアイドル。若い子がたくさん写真撮ってた」

「……アイドルじゃないから。彼らはダンス&ボーカルユニットだから。アイドルじゃなくてアーティストだから」

「え？　アイドルじゃないの？　若い男の子がグループ組んで、歌ったり踊ったりしてるなら、それはアイドルなんじゃ……」

「やれやれ。わかってないなあ。まあしょうがないか。昭和生まれのおばさんには難しい感覚かもね。歌って踊ってたらみんなアイドルって時代を生きてきたんだもんね」

「バ、バカにして……！　ふん、だ。どうせ全部一緒でしょ？　最近のボーイズグループなんて、みんな同じような顔して全然見分けつかないもんね！」

「話は変わるけど、ママ」

「なに？」

「『ラブカイザーって、全部同じだよね』『毎年同じことやってるのによく飽きないよね』『みんな同じ顔で見分けつかない』って言われたらどう思う？」

「怒るに決まってるでしょ！　全然違う、全っ然違うから！　ラブカイザーはね、作品ごとにガラッとテーマが変わるのが魅力なのよ！　キャラもストーリーも全く違う！　シリーズごとにきちんと差別化されてて、どのヒロインも唯一無二の魅力に溢《あふ》れてるの！　ロクに知りもしないで『全部同じ』なんて言う人には、小一時間説教してやるわ！」

「ママ。私、今、そんな気持ち」

「…………ごめんなさい」

「謝るの早いですね……」

娘に論破される私を、悲しそうな目で見るタッくんだった。

いやでも、今のは私が悪いわね。

反省反省。

若者文化を「全部同じに見える」とか言い始めたら、いよいよ終わり。

おばさん街道まっしぐらよ。

気をつけて若い感性を維持しなければ……！

「さーて、次は服買いに行かないとねー」

「あ、あんまり高いのはダメよ」

「わかってるって」

ビルから出て、目当てのファッションビルに向かって歩いて行く。

その途中――

「……あれ？」

ふと足が止まる。

人混みの中で、見知った顔を見つけてしまったから。

狼森《おいのもり》さん、である。

道の反対側に立っていて、こちらには気づいていない様子。

服装はスーツとはまた違ったダーク系の色を基調としたパンツルックで、上にロングジャケットを羽織っている。長身でスタイルのいい狼森《おいのもり》さんにはスタイリッシュなロングジャケットが抜群に似合っていた。

ふむ。

スーツじゃない格好を見たのは、かなり久しぶりな気がする。

どうしようかしら？

向こうは気づいてないみたいだから、無理に声かけることもないわよね。

今日はお互いにプライベートなわけだし。

うん、そうしようそうしよう。

と。

そんな風に結論づけて歩みを再開するが——

「——っ⁉」

歩き出そうとした足が急ブレーキでまた止まる。

衝撃的なものが目に入ったせいで。

え？　いやいや……え？

ちょっと待ってちょっと待って……！

「あれ？　綾子《あやこ》さん？」

「どうしたのママ？」

先を歩いていたが、タッくんと美羽《みう》が私に気づいて足を止めるも、

「……ちょっと、ちょっと、こっちこっち」

私は二人を呼び寄せ、三人でビルとビルの間に身を潜める。

物陰からこっそりと道の反対側の様子を窺《うかが》う。

「な、なに？　なんなの、ママ？」

「あれ見て、あれ……」

道の反対側を指さす。

「あっ。狼森《おいのもり》さん」

「ほんとだ。狼森《おいのもり》さんだ」

「久しぶりに見たけど……やっぱり格好いいよね。ファッションがスタイリッシュ。ママより若く見えるかも」

「挨拶しなくていいんですか？」

「そうじゃなくて……」

美羽《みう》がとても気になることを言ってきたし、そこをタッくんがフォローしてくれなかったのも悲しかったし、あれ？　もしかして狼森《おいのもり》さんが私より若く見えるのってもはや周知の事実？　って悲しくなったけど──そんなことは置いといて。

「……隣よ。狼森《おいのもり》さんの隣を見て」

彼女は一人ではなかった。

すぐ隣に──若い男が立っている。

身長は狼森《おいのもり》さんより少し低いぐらい。男性にしては小柄な方だろう。格好は白いTシャツと細身のジーパン。キャップを目深《まぶか》にかぶっているせいで、顔はよく見えない。

「あー、男と一緒だね？　彼氏さんかな？」

「いや彼氏にしては若くないか？　顔よく見えないけど……ファッションからして結構若そうな感じだし」

「彼氏じゃないわ……。あれはきっと……うん。ま、間違いない……」

戦々恐々としつつ、私は言う。

「狼森《おいのもり》さん──ママ活をしてるのよ！」

ママ活。

最近流行《はや》っているパパ活のママバージョン。

中高年の女性が、若い男に食事や買い物に付き合ってもらい、代わりにお小遣いをあげる行為のこと。時にはデートだけでは終わらず、肉体関係に及ぶ場合もあると聞く。

「ママ活って……いや、まさか狼森《おいのもり》さんに限ってそんなことは」

「なくはないわよ。最近、狼森《おいのもり》さん、男が欲しいって愚痴ってたから……」

飲み会での会話を思い出す。

狼森《おいのもり》さんは、私とタッくんの関係を羨ましいと言っていた。

自分も次は若い男を狙ってみようか、と。

でも、だからって——ママ活に手を出すなんて……！

「これは一大事よ……！　うちの社長がママ活やってるなんて……若い男を金で買ってるなんて……。そんなのが世間に知れ渡ったらどうなっちゃうの……？」

「仮にあの二人がそういう関係だったとしても、ママ活とは限らないんじゃないですか？　純粋にデートしてるのかもしれないし」

「それはないわよ。男の方、かなり若く見えるもの。狼森《おいのもり》さんより一回り以上年下だと思う」

「年の差恋愛かもしれないじゃないですか」

「ないない。十も年下の男なんて、女から見たらただの子供よ。そんな相手とまともな恋愛なんてできないから」

「…………」

「ママ、タク兄がショック受けてるよ」

「……ああっ！　ご、ごめんタッくん！　違うのよ！　タッくんは特別！　私とタッくんは特別だから！」

そんな風に大騒ぎしていると——

狼森《おいのもり》さんと若い男は移動を開始してしまった。

「あっ、行っちゃう……二人とも、追うわよ！」

「え？　追うの？」

ノリ気ではない二人を率いて私は尾行を開始する。

放っておくわけにはいかない。なにせ我が社の運命がかかっているのだから。ママ活だったとしたら、どうにか引き留めないと。

人混みに紛れながらコソコソと道の反対側へと移動し、歩いて行く狼森《おいのもり》さん達の後を数メートル離れてついていく。

人が多いおかげで、三人での雑な尾行でもバレる気配はなかった。

「どこに向かってるんですかね？」

「……さあ、どこかしら」

タッくんと小声で会話。

でも……ど、どうしよう。

なにも考えず慌てて三人で尾行してきちゃったけど……このままホテルとかに向かわれちゃったらどうしたらいいのかしら？　美羽《みう》と一緒にそんなシーンを目撃するのは……かなり気まずい。

「ねえ、ママ」

私の苦悩をよそに、美羽《みう》が怪訝《けげん》そうに口を開く。

「あの男……いくらなんでも若すぎない？」

「え？」

「二十代どころか、十代に見えるんだけど……」

指摘され、改めて目をこらしてみる。

やはりキャップを目深《まぶか》にかぶっているせいで顔はわかりにくいけど、狼森《おいのもり》さんと会話するときに横を向くと、チラチラと顔が見える。

その横顔は……確かに若い。

というか、幼い。

十代にしか見えないし、なんなら十代前半じゃないかと思う。男性にしては小柄だと思ったけど、まだ身長が伸びきっていなかっただけなのかもしれない。

「そ、そんな……いくら若い子がいいからって、十代の子に手を出すなんて……！」

愕然《がくぜん》とした私は、つい足を速めてしまう。

人混みに紛れつつ、どうにか二人の声が聞き取れる距離まで接近する。

近づいて会話に耳を澄ませてみると――

「……だから、もういいって。俺は一人で遊んでるから。ほっといてくれよ。その方がお互い楽でしょ？」

「そうはいかないだろう」

「心配しなくても、お父さんとお婆《ばあ》ちゃんにはちゃんと言っとくよ。楽しく遊んでもらいましたって」

「……そ、そういうことじゃなくてだな」

「…………」

「ま、待ちなさい、歩夢《あゆむ》。あと……いい加減、歩きながらスマホをいじるのやめなさい。危ないだろう」

「今、イベント中だから今やらないとダメなの」

「……だからって」

「…………」

「そ、そうだ。なにか欲しいものはないか？　プレゼントしてあげよう」

「金」

「……いや、金って」

「じゃあギフトカード。課金させてよ。それが一番嬉《うれ》しい」

「歩夢《あゆむ》……」

聞こえてくる会話は、予想外のものだった。

若い男——いや、少年は、歩きながらずっとスマホを操作している。なにかのゲームをやっているらしい。たまに横を向くけど、視線はほとんど画面へと集中している。

その口調はどこか冷たく、刺々《とげとげ》しい。

相手を突き放すような冷淡さがあった。

一方狼森《おいのもり》さんは——とても困った顔をしていた。

相手の気を引こうと懸命に笑顔を作っているのに、まるで通じずに困り果てているような。

それでもどうにか、低姿勢に媚《こ》びへつらっているような。

ちょっと信じられない。

いつもの自信満々で皮肉げな笑顔はどこへやら。傲岸不遜を体現したような生き様を貫いている彼女が、あんな顔を見せるなんて。

こんな狼森《おいのもり》さん、私は初めて見る——

「……えっ。きゃっ」

ズテン、と。

二人の会話に集中しすぎていた私は、レストランの店頭に出ていた看板につまずいて、盛大に転んでしまう。

「いたた……」

「だ、大丈夫ですか、綾子《あやこ》さん？」

「もう。なにやってるの、ママ」

大げさなくらい心配してくれるタッくんと、冷たい美羽《みう》。

どうにか立ち上がると――

「……歌枕《かつらぎ》くん？」

前を歩いていた狼森《おいのもり》さん達が、振り返って私を見ていた。

気づかれちゃったみたい。

「左沢《あてらざわ》くんに、美羽《みう》ちゃんまで……」

「あ、あはは……ど、どうも」

気まずさから愛想《あいそ》笑《わら》いで誤魔化すと、

「あ、ああ……」

狼森《おいのもり》さんの方もまた、気まずそうな顔つきだった。

この人のこんな顔、初めて見た気がする。

それから私達と隣の少年の顔を交互に見比べる。

「あー……こちらの女性は歌枕綾子《かつらぎあやこ》さんと言って、私の会社で働いている社員の一人だ。後ろの二人は……えっと、説明が難しいからあとでゆっくり語るとして」

少年に向けて私の紹介を簡単に済ませた後、今度は私達の方を向く。

そして手で軽く、隣の少年を示した。

「この子は、万町歩夢《あらまちあゆむ》。今年十三歳になる――」

一拍置いてから、狼森《おいのもり》さんは言う。

なんとも言えないような、バツの悪そうな顔で。

「――私の……息子だ」

「…………」

え？

息子？

第六章
母親と息子

♥

なんのタイミングのよさなのか。

狼森《おいのもり》さんの結婚については、最近、少し話題に出ていた。

ちょうどこの前飲みに行ったときのこと。

お酒も回ってきたところで、狼森《おいのもり》さんが『左沢《あてらざわ》くんとはいつ結婚するの？』みたいなノリで私をからかってきたので、少しムキになって言い返したのだ。

「──もうっ！　うるさいですよ！　人の心配する前に自分の心配したらどうですか⁉　三回も結婚失敗してる人にとやかく言われたくないです！　それも全部自分の浮気《うわき》で！」

「わはは。それもそうか」

豪快に笑った後で、狼森《おいのもり》さんは物憂《ものう》げに息を吐いた。

「全部自分の浮気《うわき》、か……。そういえば歌枕《かつらぎ》くんは、そう言ってたっけね」

「え……？　違うんですか？」

「面倒だからそう説明することが多いが……厳密には少し違う。浮気《うわき》で離婚したのは後の二回で……一回目の結婚は、ごくごく普通に離婚した」

「普通に離婚って……」

「向こうの家と合わなくてね」

やるせない顔となって、狼森《おいのもり》さんは続ける。

「知っての通り、私は仕事大好き人間でね。寝ても覚めても仕事のことばかり考えてるし、それを苦と思ったこともない。料理も掃除も自分でやるより、金を払ってプロに頼んだ方が効率的だと思ってるタイプだ。家事に時間を取られるぐらいなら、その時間やりたい仕事をやっていたい」

「…………」

「結婚してもライフスタイルを変えるつもりはなかったし——たとえ子供が生まれたとしても、自分を変えるつもりはなかった。ベビーシッターでも保育園でも、使えるものはなんでも使って、夫と協力しながら仕事と育児を両立したいと考えていた」

でも、と続ける。

「向こうの両親には、その手の考えは大層ウケが悪くてね。『家を守るのが女の仕事』『結婚したら仕事は辞めるのが普通』『そんな母親じゃ子供はまともに育たない』とかなんとか……言いたい放題言われたものだよ」

「…………」

わからない話ではない。

狼森《おいのもり》さんの最初の結婚は、たぶん今から十年以上前の話だし……なにより彼女の親世代ならば、そういった価値観も決して珍しくはなかったのだろう。

悪気なく、悪意なく、善意のつもりで言っている。

女は結婚したら家庭に入れ、と。

「まあ、私は相手の親なんか相手にしなかったし、旦那は私の言い分を尊重してくれた。そういう相手だから結婚しようとも思ったんだが……」

声に苛立《いらだ》ちと倦怠《けんたい》感、そして寂しさが滲《にじ》んでいく。

「いざ結婚してみたら……段々と旦那も向こうの親と同じことを言うようになってね。『少しは家事をやったらどうだ』とか『亭主の飯も作らない嫁がどこにいる？』とか……」

「そんな……」

「私としては結婚前にはっきりと、ライフスタイルを変えるつもりはないと宣言したつもりだったんだが……向こうはどこか冗談半分に捉えていたらしい。『そうは言ってもさすがに結婚したら多少は変わると思っていた』と、何度も何度も言われたよ。夫とその両親から、毎日毎日小言を言われる日々だった」

「…………」

「やがて夫と向こうの両親が結託して離婚を求めてきたのでね。私の方も夫への愛想《あいそ》は尽きてたし、断る理由はなかった。諸々《もろもろ》の話し合いの後、滞りなく離婚は成立した」

そこまで言ったところで、狼森《おいのもり》さんは小さく首を横に振る。

「あー……いや、こういうのはよくないな。私視点から語ると、どうしたって被害者みたいな口調になってしまう。向こうには向こうの言い分はあるだろうし……私が当時の一般的な『いい奥さん』でなかったことは確かだ。相手からすれば、私は相当ろくでもない女だったことだろう」

「……大変だったんですね」

どう言ったらいいかわからなくて、そんな無難な言葉しか出てこなかった。

「その後の二回の結婚は、ノリと勢いでしたようなどうしようもない結婚さ。でも……最初の結婚だけは、私の中では少し特別でね」

狼森《おいのもり》さんは言う。

「相手に未練があるわけじゃないし、離婚したことが間違いだったとも思ってない。けれど……後悔はある。どうにかもっと、上手《うま》くできなかったものかと……」

そう語る狼森《おいのもり》さんの瞳には、悲痛の色が浮かんでいた。

見ているこっちの胸が苦しくなるような、切ない表情。

そして。

今——私は思い知った。

彼女がこの飲み会のときに語っていた、『後悔』の意味を。

たとえ子供が生まれたとしても。

彼女が語っていたたとえ話は、どうやらたとえ話ではなかったらしい。

あれから——

「情けないところを見せてしまったかな？」

物憂《ものう》げな表情で、狼森《おいのもり》さんは言った。

道沿いにあったカフェである。

尾行がバレてしまった後、せっかくだしどこかで話でもしないかということになったので、私達五人は近くのカフェに入った。

私と狼森《おいのもり》さんが飲み物を買いに行き、タッくん、美羽《みう》、そして歩夢《あゆむ》くんの三人には外のテラス席で待っていてもらっている。

注文した飲み物を待っている間、私と狼森《おいのもり》さんは手渡しカウンターの近くで話をしていた。内容が内容だけにあまり大声では語れないけど、幸いにも店内は混んでいて、誰も私達の話なんて聞いてない様子だった。

「驚きましたよ。狼森《おいのもり》さんに子供がいたなんて。しかも、あんなに大きな」

「言ってなかったからね」

「あの子が、この前言っていた人との……」

「ああ。最初の旦那との子供だよ」

淡々と狼森《おいのもり》さんは言った。

「隠していたつもりもないんだけど……まあ、言う必要もないかと思ってね。なにせ——ここ十年ぐらい会っていなかったから」

「じゅ、十年？」

驚く。

十年って。

歩夢《あゆむ》くんは十三歳って言ってたけど……それじゃ出産して離婚してからは、ほとんど会ってなかったってこと？

「親権は向こうに取られたし、なにより旦那と相手の親が嫌がってね。私のような女には母親ヅラしてほしくないそうだ」

「そんな……」

「本気で権利を主張すれば会えたのかもしれないが……私の方も億劫《おっくう》になってしまってね。実際、出産直後から育児の半分をベビーシッターに頼んでたような女さ。私が変に会おうとしない方が、子供のためにいいような気もしたし」

「……」

「あの子のために母親らしいことなんて、ほとんどなにもしていない。私はただ、産んだだけの女さ」

産んだだけの女。

なんだかそれは、とても寂しい響きを持つ言葉だった。

「でも……それなら、どうして今日は一緒に……？」

「それが、最近になって事情がいろいろ変わってね」

溜息《ためいき》交じりに続ける。

「離婚のとき『養育費はいらないから金輪際、子供に関わるな』と言っていた相手が……今になって養育費を請求してきてね」

「養育費……」

「人づてに聞いた話だが、どうも商売の方が上手《うま》くいってないそうだ。いろいろ物申したいことはあったが、子供のためと思ってすぐに払ったよ。幸い蓄えはあったからね。すると……」

一つ息を吐き、続ける。

「向こうが急に『息子に会ってもいい』と言ってきてね」

「え……」

「まあ、プライドなんだろう。ただ金を恵んでもらっただけでは施しを受けたような気分になってしまうから、交換条件のような形にしたというわけさ」

養育費と面会を交換条件にすることで、対等さを演出したというか。

　なるほど、わからなくはない。

「……でもよかったじゃないですか。息子さんに会えるなら」

「うん……そう。よかった……はずなんだがね」

　曖昧に言葉を濁し、困ったように笑う。

「会いたくなかったわけじゃないんだが……いざ会ってみると、正直、どう接していいのかわからない。なにせ十年以上離れていたわけだからね。あの子が二歳になる前に、私は離婚して、向こうの家とは絶縁状態だった」

　物心つく前に別れ、その後十年以上会ってなかった親子。

　それはもう、他人と同じなのかもしれない。

　いくら血の繋《つな》がりがあっても、関係の積み重ねがあまりに薄すぎる。

「会うのは今日で三回目だけど……はは。さっぱり上手《うま》くいかない。どうにか母親らしく振る舞おうとしても、空回りするばかりだ。あの子は私のことを、『お母さん』と呼んですらくれない」

　先ほどの二人を思い出す。

　わずかな会話でも……二人のぎこちなさは伝わってきた。

　どうにか機嫌を取ろうとする狼森《おいのもり》さんと、それを冷たく拒絶する歩夢《あゆむ》くん。

　良好な関係とは、とても言えないのだろう。

「普段あれだけ偉そうに男女のあれこれを語ってた女が、実は自分の子供との関係すら満足に築けていないなんて」

「え……」

「失望したかい？」

「いいえ、そんな……」

言葉の続きは上手《うま》く出てこなかった。

失望――はしていない。

ただ驚いて、そして戸惑っているだけ。

だって。

こんなにも自信なさげな狼森《おいのもり》さんは、初めて見るから。

そうこうしているうちに――ようやく人数分の飲み物が揃った。

カウンターで飲み物を受け取り、テラス席で待っている三人の元へ向かう。ちなみにお代は狼森《おいのもり》さんの奢《おご》りだった。

席の方はというと――

「えっと……歩夢《あゆむ》くん、そのソシャゲ、『トワイライトマスター』、だよね？」

「……うん」

「今流行《はや》ってるらしいよね。CMとかもバンバンやっててさ。面白い？」

「面白くなかったらやってないよ」

「……あはは。そりゃそうか。そうだよね……」

あんまり和やかな空気ではないようだった。

タッくんが頑張ってコミュニケーションを試みているけど、歩夢《あゆむ》くんの方はつっけんどんな態度のまま。そして美羽《みう》もまた……一人でスマホをイジっている。歩夢《あゆむ》くんと無理に会話するつもりはないらしい。

うーん。

今時の若者って、案外こんなもんなのかしらね？　仲いい友達同士でも、延々とお互いにスマホ触ってたりするらしいし。

買ってきた飲み物を置いて、私達も席につく。

「歩夢《あゆむ》……店の中ではキャップは取りなさい」

「……ここは店の外だよ」

「そういう屁理屈《へりくつ》じゃなくて……あと、ゲームもいい加減……」

「イベント回さなきゃなの」

「それはわかったが……」

「あ、あの、私達は気にしないから大丈夫ですよ。大事ですもんね、ゲームの期間限定イベントは！」

慌ててフォローを入れるけど……狼森《おいのもり》さんの指摘を否定する形になってしまったから、もしかしたらよくないフォローだったかもしれない。

難しい。

その後も五分ぐらい、なんとも言えない空気の中、五人でどこか上滑りしたような会話を繰り返す。歩夢《あゆむ》くんはずっとゲームをしていたし、美羽《みう》もスマホばかり見つめていた。

そのとき——である。

狼森《おいのもり》さんの電話に着信があった。

席から立ち上がり、こちらに背を向けて電話に出る。

「もしもし。……え？　は？　なんでそんなことが……？」

表情はわからないけど、声がどんどん険しくなっていく。

「だったら早急に……いや、私は、今日は……」

一瞬こちらを振り返り、歩夢《あゆむ》くんの様子を窺《うかが》う。

その瞳には、激しい苦渋と葛藤があった。

「……わかった。とりあえず先方の言い分をまとめてすぐに送ってくれ。こっちでどうにか対処する」

深い溜息《ためいき》と共にそう言い切り、狼森《おいのもり》さんは電話を切った。

「どうしたんですか？」

「……ちょっとまずいことになってね」

「できることがあるなら、私も手伝いますけど」

「いや、歌枕《かつらぎ》くんは全く関わっていない案件だから、今から説明してる時間がもったいない。私がどうにかするしかないだろう……」

そして狼森《おいのもり》さんは、申し訳なさそうな目で歩夢《あゆむ》くんを見つめる。

「歩夢《あゆむ》……その――」

「いいよ。行ってきなよ」

歩夢《あゆむ》くんは顔をあげることもなく、淡々とそう言い切った。

「俺なら大丈夫だから。なんなら帰ってこなくてもいいよ」

なにも期待していないような、冷たい言葉。

「……すまない。できるだけ早く帰ってくるから」

悲痛さが滲《にじ》む声で言った後、私の方を向く。

「歌枕《かつらぎ》くん……悪いけど、歩夢《あゆむ》を頼んでいいかい？　三十分……いや、二十分で戻ってくるようにするから」

「わ、わかりました」

狼森《おいのもり》さんは自分の鞄《かばん》を抱え、電話をかけ直しながら駆け足でカフェから出て行った。不運なことに、このカフェはフリーＷｉ‐Ｆｉには対応していない。

どこかWi‐Fiが使える店に入り、手持ちのタブレットでどうにかトラブルに対処するつもりなのだろう。

残された歩夢《あゆむ》くんは、顔色一つ変えずスマホに集中していた。

「えっと……た、大変なのよね、狼森《おいのもり》さんは。なにせ社長さんだから」

「………」

「とっても偉くてとっても仕事ができる、ものすごい人なのよ。だからみんなから頼られてて、休日でも呼び出されること多くて」

「……知ってる。今日もだいぶ無理して時間作ったみたいだし」

「そ、そうなのよ。やっぱり歩夢《あゆむ》くんとの時間を大切にしたかったから──」

「いい迷惑だよ」

歩夢《あゆむ》くんは言った。

切り捨てるように、言った。

「俺の相手なんかしてないで、好きなだけ仕事してればいいんだよ。そしたら俺だって、家でのんびりできたのに」

「そ、そんなこと言わなくても……狼森《おいのもり》さんは、ちゃんと母親として、きみのことを考えて」

「母親？　はん」

幼さの残る顔で、失笑するように笑う。

「産んでから十年も会ってないなら、そんなもん他人と同じだよ。俺も顔なんて覚えてなかったし、そんな相手に今更母親ヅラされてもね」

「…………」

「どいつもこいつも勝手だよ。父さんとお婆《ばあ》ちゃんだって、今までどんなに聞いても母親のことは教えてくれなかったのに、急に最近になって『会ってきた方がいい』とか言い出してさ。都合がよすぎるよ。子供だからって俺のこと舐《な》めすぎ」

捻《ひね》くれた物言いに苛立《いらだ》つ——よりも、悲しくなってしまった。

この子の言い分もわからなくはない。

おそらく元旦那さんの家庭では、狼森《おいのもり》さんのことや養育費の件はある程度伏せてると思われるが……それでも子供なりに察することは多いのだろう。

子供は大人が思う以上に大人のことを見て、大人の言葉を理解している。

この子なりに、自分の置かれた立場や環境に関して思うところはあるし——面白くないところもあるのだと思う。

大人の世間体や都合に振り回され、不平不満を抱くのは当然のことだ。

私はどうしたらいいかわからなくなってタッくんを見るも、彼もまた私を同じように見つめ返してくるだけだった。

気まずい沈黙がしばらく続くが、

「……はぁーあ」

それを破ったのは、美羽《みう》のこれ見よがしな溜息《ためいき》だった。

「ダメだ。空気読んで黙ってようと思ったけど無理」

やっぱイライラする。

と言って、美羽《みう》はずっと見つめていたスマホから顔を上げ、正面に座る歩夢《あゆむ》くんをまっすぐ見つめた。

「歩夢《あゆむ》くんさ、それ、『トワマス』だよね？　『トワイライトマスター』」

「……だったらなんだよ」

「実は私もやってるんだけどさ——『トワマス』、今日は期間限定イベントなんてやってないよね？」

美羽《みう》は言った。

歩夢《あゆむ》くんは——ギクリと身を強《こわ》ばらせた。

「『今、回さないといけないイベント』とか、適当なこと言っとけば大人は騙《だま》せると思ったのかもしれないけど……残念だったね。ちょうど最近、私もハマってるんだわ、『トワマス』。『今やらなきゃ二度とできない』みたいなイベントが少ないところが特にお気に入り」

「……っ」

「狼森《おいのもり》さんの相手をしたくないのか、コミュニケーションが苦手なのか——それとも構ってもらいたいのか……理由は知らないけど、いい加減、見てて気分が悪いんだよね。私らみたいな第三者の前でまでそういうことされるとさ」

苛立《いらだ》ちを露《あら》わにしながら美羽《みう》は言う。

淡々とした口調で、容赦なく糾弾する。

「子供だからって舐《な》めすぎ、とか言ってたけど、きみ自身が子供って立場に甘えてるようにしか見えないよ。わざと拗《す》ねた態度で大人を困らせてさ。中学生になったなら、もうちょっと相手のこと思いやれてもいいんじゃない？」

「……う、う、うるせえよ！」

スマホを叩《たた》きつけるようにテーブルに置いて、歩夢《あゆむ》くんは立ち上がる。

美羽《みう》を睨《にら》みつけるも、その顔は恥辱で真っ赤に染まっていた。

「な、なんなんだよ、お前は！　関係ねえだろ！」

「関係ないよ。きみのことなんか心底どうでもいいし。ただ意図的に狼森《おいのもり》さんを困らせてるきみの態度が見てて不快だっただけ。うちのママもお世話になってる人だし、私自身、一人の働く女性として尊敬してるから」

「あ、あんな奴《やつ》のことなんか知るかよ！」

上擦った声で叫ぶ。

「こっちはうんざりしてんだよ！　いきなり現れて母親だとか言われて……もうわけがわかん

ねえんだよ！　仕事休んでまで会いにこられても鬱陶しいんだよ！　恩着せがましいだけなんだよ！」

怒りと言うよりは、悲痛さが滲《にじ》むような叫びだった。

声変わりも終わってないような声で、歩夢《あゆむ》くんは訴え続ける。

「どうせあいつも義理で会いに来てるだけだろ！　俺を育てなかった罪悪感を払拭《ふっしょく》したいだけなんだよ！　そうに決まってる！　そんな自己満足に付き合わされるこっちの身にもなれよ！　あいつのせいで――」

激情の言葉は途中で止められる。

バシャッ、と。

歩夢《あゆむ》くんの全身に、氷と水が浴びせられた。

やったのは――美羽《みう》。

テーブルにあったコップを掴《つか》み、正面の歩夢《あゆむ》くんにぶっかけた。

「ぷわっ……っ、冷て……」

慌てて顔を拭う歩夢《あゆむ》くん。

その拍子に、ずっとかぶっていたキャップが脱げてしまう。

「ちょ、ちょっと美羽《みう》……」

私が反射的に顔を見つめると――美羽《みう》はジッと睨《にら》むように正面を見ていた。

表情こそ真顔だったけど、瞳では激しい怒りが燃えている。

「自分の親をあいつとか言うな」

淡々とした、しかし有無を言わせぬ口調。

わかりやすく——怒っていた。

こんなにも怒りを滾《たぎ》らせた美羽《みう》を、私は初めて見たかもしれない。

「ふ、ふざけんな……！　マジ、なんなんだよ、お前……！　クソっ！」

歩夢《あゆむ》くんは屈辱に表情を歪《ゆが》ませ——その場から逃げるように駆け出した。

テラス席から外に繋《つな》がる出入り口を抜けて、そのまま走り去っていく。

「あ、歩夢《あゆむ》くん！」

慌てて立ち上がるも、少年の姿はすぐに見えなくなってしまった。

「……う、嘘《うそ》。どうしよう……」

「俺、追いかけます」

狼狽《うろた》える私の横で、タッくんが立ち上がった。

「タッくん……」

「綾子《あやこ》さんと美羽《みう》はここで狼森《おいのもり》さん待っててください」

落ち着いた声でタッくんは言う。

多少の焦《あせ》りは見えるが、私よりはずっと冷静なようだった。

「……タク兄、お願い」

美羽《みう》が小声でぼそりと言った。

さっきまでの憤怒《ふんぬ》が嘘《うそ》のような、バツの悪そうな顔をしていた。

「ごめん。カッとなっちゃった……」

「わかってるよ」

落ち込む美羽《みう》の頭をポンポンと軽く叩《たた》いた後、歩夢《あゆむ》くんが落としていったキャップを手に取り、タッくんは駆け出していった。

♠

歩夢《あゆむ》くんは意外とすぐに見つかった。

こんなことを言ったら失礼かもしれないけれど……なんとなく、そう遠くには行ってないだろうと思った。

どこか近くに隠れているはず。

誰かが追いかけてきて、見つけてくれるような場所に。

その読みは——的中した。

カフェから五十メートルも離れていないような、ビルとビルの隙間。

昼間でも薄暗い場所で、歩夢《あゆむ》くんはしゃがみ込んでいた。

「……見つけた」

ホッと息を吐き、彼の近くに寄っていく。

歩夢《あゆむ》くんは一瞬だけ俺の方を見たけど、逃げるようなことはなかった。

目深《まぶか》にかぶっていたキャップを取ったおかげで、今は顔がよく見える。幼さが多分に残る顔で、まだまだ子供なのだと改めて実感した。

俺は彼の隣に、一メートルほど間を空けてしゃがみ込んだ。

「えっと……ごめんね、歩夢《あゆむ》くん。大丈夫だった」

「……なんでお前が謝るんだよ」

「いや、まあ、なんとなく」

将来娘になるかもしれないから、とはさすがに言わなかった。

「意味わかんねえよ……なんだよ、あのクソ女……」

幼い顔を悔しさで歪《ゆが》ませ、歩夢《あゆむ》くんは言う。

「あんな奴《やつ》には、俺の気持ちなんか絶対わからないんだよ……。優しそうなお母さんがいて、愛されて平和に育ってきた奴《やつ》には……！」

「………………」

喉まで出かかった反論を、どうにか留《とど》める。

美羽《みう》のプライバシーを許可なく口にしていいものか、少し迷ってしまう。

でも――言おうと思った。

美羽《みう》は俺に『お願い』と言った。

きっとそれは、こういう部分も含めたお願いだと思う。

「美羽《みう》は……あの子は、そこまで平和に生きてきたわけじゃないよ」

俺は言う。

「小さい頃に――両親を亡《な》くしてる」

「……え？」

「もう十年も前の話になるかな。お父さんもお母さんも、美羽《みう》が幼稚園の頃に、事故で帰らぬ人となった」

歩夢《あゆむ》くんは目を丸くし、息を呑《の》む。

信じられないと言った顔つきだ。

「だ、だったら……あの、胸の大きなおばちゃんは……？」

……綾子《あやこ》さんを外見的特徴で表現しようとすると、歩夢《あゆむ》くんの感性と語彙では『胸の大きなおばちゃん』になってしまうのか。いろいろツッコみたくはなったけど、話の内容が内容なので、ここはスルーすることにした。

「綾子《あやこ》さんは、美羽《みう》のお母さんの妹……つまりは叔母さんだね。でもいろいろあって、戸籍上は美羽《みう》のお母さんになってる」

「なんだよ、それ……」

「まあ、だからなんだって話だけど……ただ、きみが言ってたみたいに、何事もなく平和に生きてきた女の子ってわけじゃないよ」

「……か、関係ねえよ！　あの女がどんな境遇だろうと、俺には関係ねえ！」

強く拒絶を示すも、その声は酷《ひど》く震えていた。

なにかしら思うところはあり、感情を揺さぶられたのだろう。

「そうだね、関係ないよ。過去になにかあったからって、きみに水をぶっかけていい理由にはならない。でも……ちょっとだけわかってあげてほしい。考えてあげてほしい。美羽《みう》がどうして、カッとなってしまったか」

「……そ、そんなの」

幼い声はどんどん弱々しくなっていく。

「俺が……ムカついたんだろ。自分の親に生意気な態度ばっか取ってたから」

「それもあると思うけど……でも、それだけじゃないと思う。たぶん美羽《みう》は——『もったいない』って思ったんじゃないかな」

「もったいない？」

「せっかくお母さんと一緒にいるのに、その時間を大切にできてないきみが……きみ達二人が、もったいないって思ったんだと思う」

もったいない。

たぶん、美羽《みう》はそう思ったのだと思う。

見栄《みえ》やプライドからか、やってもいないゲームをやっているフリをして、母親とのコミュニケーションを避けている歩夢《あゆむ》くんが、見ていてもどかしかったのだと思う。

「……し、知るかよ。そんなこと」

つっけんどんに言う歩夢《あゆむ》くん。

「だいたい……お前は誰なんだよ」

「……うん？」

「ずいぶん知った風に言うけど……そもそもお前は誰で、あの親子のなんなんだよ。兄貴ってわけでもないんだろ……？」

ああ、そうか。

なんかいろいろ急だったから、名前ぐらいしか言ってないんだった。

「お、俺はまあ、なんというか……将来、あの子の父親になるかもしれない存在っていうか」

「……え？　え？」

迷った末に本当のことを言うと、歩夢《あゆむ》くんは思い切り驚いた。

俺の顔を、がっつり二度見してきた。

「じゃ、じゃあ、あの胸の大きなおばちゃんと……」

「そう……だね。うん、付き合ってる……感じで」

「お前、い、いくつだよ？」

「今ちょうど二十歳《はたち》……」

「あのおばちゃんは……？」

「……三十は超えてるとだけ」

「……………す、すげえな、お前」

褒められてしまった。

どういう意味の賛辞かは深く追及しないでおこう。

「まあ、とにかく……みんな、いろいろあるし、いろいろ悩んで考えてるんだよ。大人も子供も。十代も二十代も三十代も……そして、四十代になっても」

「…………」

「いや、なんかごめんね。別に説教したいわけでもないんだけどさ」

言いつつ、持っていたキャップを歩夢《あゆむ》くんに返す。

「きみ達親子の問題は、きみ達二人が考えることしかできないから。部外者の俺達にはなにもできない。でも……ずっとゲームばかりやって目を逸《そ》らして、母親と向き合わないのは、少し違うと思う」

「……うん」

キャップを握りしめ、小さく、でも確かに歩夢《あゆむ》くんは頷《うなず》いた。

「別に産みの親だからって、無理に仲良くしたり、変に懐《なつ》いたりする必要はないと思うからさ。歩夢《あゆむ》くんが本当に迷惑だと思うなら、それはそれでちゃんと話し合って――」

「ち、違うっ」

反射的に叫ぶ。

「迷惑って……思ってない。さっき、うんざりとか鬱陶しいとか言ったのは……あの女にズバズバ言われたから……つい、カッとなって言っただけで」

今にも泣き出しそうな声で、続ける。

「わかんない……自分でも、どうしたらいいかわかんないんだよ……。いきなり母親だって言われても、どんな風にしたらいいのか……。向こうが俺のことどう思ってるかもわかんないし、なに話したらいいかもわかんなくて……。だからダメだってわかってても、顔見ないでゲームばっかするようにしちゃって……」

「…………」

「本当は……ずっと、会いたかった。俺のお母さんはどんな人か、昔からずっと気になってて……それがあんな美人で格好いい人で、しかも会社の社長だなんて……嬉《うれ》しかったんだけど……でも、そんなすごい人が、俺なんかに興味あるのかなとか思って、怖くなっちゃって……。

いくら自分が産んだ子供だって言ったって……十年も会ってなかったら、かわいくなんてないだろうし……」

ぽつりぽつりと語られる言葉は、漏れ出した本音のように聞こえた。

ずっと気を張って背伸びをしていた少年が、今初めて心を剝《む》き出《だ》しにして、等身大の感情を口にしてくれている。

冷淡に見えた態度は、この子なりの逃避であり防衛であったらしい。

仲良くなろうとして失敗するぐらいなら、最初からコミュニケーションを放棄した方が気持ちが楽だから。

親しくなろうとして嫌われるぐらいなら、嫌われるように振る舞って嫌われた方が自分が傷つかずに済むから。

どこか矛盾した行動だけど、この子なりに必死に戦った結果なのだと思う。

「……こんなはずじゃなかったのに。俺だって本当は、もっと、もっと……」

とうとう声は消えてしまい、キャップで顔を隠すようにする。

俺はなにも言わず、ただ彼の頭を撫《な》でるようにした。

♥

歩夢《あゆむ》くんを見つけたという連絡は、タッくんからすでに受けていた。

あの後、狼森《おいのもり》さんは宣言通り二十分で戻ってきた。トラブルの内容を簡単に聞く限り、いかに敏腕社長と言えど二十分でどうにかできることではなかったけど、それでも死に物狂いで一時的に対処したのだと思う。

戻ってきた狼森《おいのもり》さんに事情を説明し、私と美羽《みう》と三人ですぐさま歩夢《あゆむ》くんがいる場所へと向かった。

でも、すぐに顔は出さずに、隠れて二人の会話を聞いていた。

タッくんから、

『ちょっと待っててください。

男二人で話してみます』

というメッセージが入っていたから。

「……情けないな、本当に」

タッくんと歩夢《あゆむ》くんの会話を立ち聞きした後——

狼森《おいのもり》さんは力ない声で言って、その場にしゃがみ込んだ。

「てっきり……あの子には嫌われてるんだとばかり思っていた。十年も放っておいた女なんて嫌われて当然だし、恨まれたって文句は言えない。どんなに嫌われていたとしても母親として接しようと覚悟を決めていたつもりだったが……やれやれ。私はあの子のことを、なにもわかっていなかったらしい」

自嘲気味に、それでいて少しホッとしたように笑う。

歩夢《あゆむ》くんは狼森《おいのもり》さんのことを嫌ってなんかいなかった。

素っ気ない態度には、彼なりの事情と想《おも》いがあっただけ。

それがわかったことで安堵《あんど》し、しかし同時に、子供のことをなにも見抜けなかった自分が不《ふ》甲斐《がい》なくもあるのだろう。

「こんなんじゃ母親失格だよ」

「……そんなことないですよ」

私は言った。

それから、少し意地の悪い笑みを作って続ける。

「失格どころか、それ以前の話ですね。狼森《おいのもり》さんはまだ、スタートラインにも立ってないぐらいじゃないですか？」

「…………」

「血が繋《つな》がってるからっていい母親とは限らないですし……逆に、直接産んでいないからって、いい母親になれないわけでもないと思いますから」

　血の繋《つな》がり。

　お腹《なか》を痛めて産んだかどうか。

　とても大事なことではあるんだろうけど——でも、それが全てじゃない。

　それだけで親子の価値が決まるわけじゃない。

「産んだから母親とか、引き取って戸籍上は娘になったとか……たぶん親子って、そういうことじゃないと思うんです」

　脳裏を過ぎるのは、これまでの十年の日々。

　美羽《みう》と共に過ごしてきた毎日。

　結婚も出産も経験していない私が、ある日から突然母親となって、悪戦苦闘と暗中模索を繰り返しながら、どうにかやり過ごしてきた日々。

　私と美羽《みう》が、母と娘になっていく過程——

「いろんなことを一緒に経験して、いろんな困難を一緒に乗り越えて、そうやってちょっとずつちょっとずつ思い出を積み重ねていって……そうやって徐々に、親子っていう関係を積み上げていくんだと思います」

　私は言う。

　社員から社長に——ではなく。

一人の母親として、新米のママさんに。

「これからですよ、これから。狼森《おいのもり》さんは――これから段々と母親になっていくんだと思います」

「……これから、か」

狼森《おいのもり》さんは笑う。

「ふふふっ。なんだか不思議な気分だね。まさか歌枕《かつらぎ》くんから説教される日が来ようとは」

「せ、説教のつもりは……」

「でも――そうか。母親ということに関して言えば、歌枕《かつらぎ》くんは私より、十年ほど先輩なのかもしれないな」

「…………」

「偉大な先輩のお言葉は、ありがたく肝に銘じておくとするよ」

優しげに微笑《ほほえ》む狼森《おいのもり》さん。

私も合わせて笑った。

すると、

「……格好いいこと言っちゃって」

隣の美羽《みう》がどこか冷めた調子で口を挟んできた。

「なんか急に『私は全部わかってました』感出してるけどさ、ママ、最初は結構酷《ひど》かったよね。

歩夢《あゆむ》くんと一緒にいる狼森《おいのもり》さんを見つけて、ママ活してると勘違いして大騒ぎしてたし」

「ちょっ！　み、美羽《みう》……！」

「……そんな勘違いをしてたのか、歌枕《かつらぎ》くん」

「ち、違うんですよ、狼森《おいのもり》さん……。本当にちょっと、早とちりしちゃっただけで……日頃の態度が態度だから……あ、いや、えっと」

両者からジト目で睨《にら》まれ、小さくなる私だった。

「……ふふ。まあいいさ。ママ活と言えばママ活かもしれないしね」

やがて狼森《おいのもり》さんは立ち上がる。

その横顔には、いつも通りの不敵な笑みがあった。

「ちょっと本気出して、ママになっていくための活動をしてみよう」

♠

狼森《おいのもり》さんは——いきなり現れた。

ビルとビルの隙間にある路地裏に、堂々と立って俺達を見下ろす。

俺と歩夢《あゆむ》くんは反射的に立ち上がる。

なんだか先ほどまでより、背が伸びたように感じた。背筋を伸ばして姿勢良く立っているからだろう。今日出会ってからの彼女は、どこか自信なさげで小さく見えていた。

でも、今は違う。

俺はまだ数えるほどしか顔を合わせたことがないけれど、そのたびに感じていた気高き風格が感じ取れる。

傲岸不遜で威風堂々とした、狼森夢美《おいのもりゆめみ》の立ち姿——

彼女は俺の横を大股で通り過ぎると、歩夢《あゆむ》くんの前に立った。

「あ、あの……俺」

「——歩夢《あゆむ》」

狼森《おいのもり》さんは言う。

どこか独り言のような口調で。

「歩夢《あゆむ》……夢に向かって歩くと書いて——歩夢《あゆむ》。お父さん達からどう聞いてるかは知らないが、この名前は私が考えたものだ」

「え……」

「私は自分の夢美《ゆめみ》という名前が大層気に入っていてね。名前に『夢《ドリーム》』が入ってるなんて最高にかっちょいいと常々思っていた。だからいつか子供ができたら、絶対に『夢』の字を入れた名前にしたいと、昔からずっと考えていた」

「………」

「私なりに本気で考えたつもりだ。これから先、愛して育てていく息子の名前を。普段は占いなんてこれっぽっちも当てにしないんだけど……そのときばかりは何冊も本を買って、画数やらなんやらを必死に勉強したものだよ……」

そこで少し目を伏せ、儚《はかな》げに笑う。

「申し訳ないことに……ロクに育ててあげることも、愛を与えることもできなかったがね。私がお前に親として与えられたものなんて、せいぜいその名前ぐらいだ」

「…………」

「だから——これから、与えられるものは与えていきたい」

そこまで言うと、狼森《おいのもり》さんは少し腰を曲げ、顔を下げる。

視線の高さを歩夢《あゆむ》くんと合わせて、まっすぐ正面から見つめる。

「そして私にも、たくさんのものを歩夢《あゆむ》から与えてほしい」

「俺、から……」

「ああ、そうだ。つまり私達は——ある意味対等の関係というわけさ」

そう言ってにやりと得意げに笑う。

彼女らしい、皮肉げで獰猛《どうもう》な笑みだった。

「あー、そうそう。対等だよ対等。うん。その方がしっくり来るな。変に負い目感じながら無理に親ぶろうとしていたせいで、さっぱり調子が出なかったんだろう」

　一人納得したように言いながら、さらに続ける。

「十年も会ってなかったんだ。急に母親ヅラされても鬱陶しいだけだろうし、私だってガラじゃない。最初はまあ、そうだな……」

　そこで狼森《おいのもり》さんは、一瞬横を見る。

　視線の先には——路地裏に顔を出した、綾子《あやこ》さんと美羽《みう》がいた。

　彼女達を見つめ、ほんの少し笑みを深くした後に、

「親戚のおばさんぐらいのノリで、始めてみようじゃないか」

　と言った。

　その言葉に込められた意味は——俺にはよくわかった。

　親戚のおばさん。

　それはまさに、美羽《みう》にとっての綾子《あやこ》さんだ。

　最初は母親の妹で、親戚の叔母さんだった。

　でも綾子《あやこ》さんは——美羽《みう》の母親になった。

　十年かけて段々と、二人は本当の母娘《おやこ》になっていった——

「無理にお母さんと思わなくていいし、呼びたくないなら『お母さん』と呼ばなくたっていい。でもまあ、縁があってこうやってまた巡り会えたんだ。せっかくの縁を大事にして、楽しくやっていこうじゃないか」

「……うん」

歩夢《あゆむ》くんは小さく、恥ずかしそうに頷《うなず》いた。

「よ、よろしく……お願いします」

「……ふふっ。うん、よろしく」

狼森《おいのもり》さんは満足そうに微笑《ほほえ》むと、大きく両手を広げた。

「さあ、おいで」

「え？」

「どうした？　こういうときは熱いハグと相場が決まってるものだろう？」

「……いや、だ、だって」

「ええい、まどろっこしい」

「う、うわあ……」

照れて躊躇《ちゆうちよ》する歩夢《あゆむ》くんを、狼森《おいのもり》さんが強引に抱き締めた。

「わはは。どうだ」

「や、やめて……やめろって！　なんだよ、急に！」

「悪いね。本当の私はこういうノリとテンションの人間なんだ」

「は、はなせよ！　勝手なことすんな！　た、対等なんだろ、俺達！」

「対等ということは、遠慮なく好き勝手していいということだ」

「なんか違くないか⁉」

「ああもう、うるさいなあ。子供は黙ってお母さんの言うことを聞け」

「めちゃめちゃ母親ヅラしてる⁉」

「わははははっ」

ジタバタ暴れる歩夢《あゆむ》くんを、それでも力任せに抱き締め続ける。

強く強く、抱き締める。

「……大きくなったなあ、歩夢《あゆむ》」

噛《か》みしめるように、そう呟《つぶや》いて微笑《ほほえ》む狼森《おいのもり》さんの顔はどこまでも優しく、温かく、そして母性に溢《あふ》れたものだった。

第七章
実母と義母

♥

今となってはもう、十年以上前の話。

美羽《みう》がまだ、二歳ぐらいだった頃。

本当のお母さんがいて、私は単なる親戚のおばちゃんでしかなかった頃の話。

「やっと寝てくれたね」

テーブルで麦茶を飲みながら、私はホッと一息つく。

場所は当時お姉ちゃん夫婦が暮らしていた家で、後から私が住むことになり、今でも暮らしている家。

リビングでは、フローリングに敷いた小さな布団《ふとん》の上で、小さな美羽《みう》が眠っている。

お腹《なか》にタオルケットをかけて、すやすやとお昼寝。天使を思わせるような、大変かわいらしい寝顔だった。

「あーあ。今日こそは寝かしつけできると思ったんだけどなあ」

姪《めい》っ子がかわいくてかわいくてしょうがない私は、暇さえあればお姉ちゃんの家に遊びに来て美羽《みう》と遊んでいた。

美羽《みう》はまだまだお昼寝が必要な年頃で、ご飯を食べたら眠くなってしまう。

でも……その寝かしつけがなかなか難しい。

機嫌がいいときは私とも楽しく遊んでくれるんだけど……段々と眠くなって不機嫌になってくると、『ママ、ママ』と言ってお姉ちゃんの方に向かっていく。

今日も結局、最後はお姉ちゃんが抱っこから添い寝する形で、上手に寝かしつけてしまった。

「やっぱりママには敵《かな》わないかー」

「そりゃ年季が違いますからね」

私の向かいに座り、得意げに微笑《ほほえ》む。

「年季って……まだ二年ぐらいでしょ」

「二年でも、よ。もう本当に大変だったんだから……」

疲労が深く滲《にじ》む顔つきで言う。

「辛《つら》いことが多すぎて一言じゃ言えないけど……結局全ては寝不足に帰結するわよね。夜泣き、オムツ、授乳、突然の高熱、突然の嘔吐《おうと》、謎の三時起き……まともに睡眠時間が取れない日が多すぎ……。子育てや家事を常時ステータス『寝不足』を抱えたまましなきゃいけないってのが、一番辛《つら》かったあ……。最近ようやくまとまって寝てくれるようになったのが救いだけど」

「た、大変そうだったよね、お姉ちゃん」

「でもまあ……そういう苦労があったからこそ、芽生えてくる感情とかもあるのかもしれないけどね」

小さく息を吐き、寝ている美羽《みう》へと視線を移すお姉ちゃん。

その表情には、とても穏やかな笑みがあった。

「たまにさ、赤ん坊の取り違えとかって話題になるでしょ？　ニュースになったり、あとは映画や漫画の題材になったり」

「うん」

「ああいうの聞いて、もし私がそんな立場になったらどうするかなあって考えたりしたこともあったけど……今なら断言できるね」

お姉ちゃんは言う。

「もし仮に今、お医者さん達が土下座してきて『すみません、子供を取り違えてしまいました。この子はあなたの本当の子供じゃありません。本当の子供を返します』って言ってきても……たぶん、即答する。『いいえ。私はこの子がいいです』って」

「お姉ちゃん……」

「ふふふ」

「言ってることは格好いいけど……実際に取り違えだったら向こうの家庭とかも関係してくるから、お姉ちゃんの一存では決められないと思う」

「……ちょっと綾子《あやこ》、マジツッコミやめてよ。たとえ話だから、たとえ話」

げんなりするお姉ちゃんだった。

　私はくすりと笑って続ける。

「もし仮に血が繋《つな》がってなくても、美羽《みう》ちゃんがいいってことね」

「そう。この美羽《みう》がいいの。この美羽《みう》でよかった。親子って血の繋《つな》がりだけじゃないんだなって、つくづく実感する毎日だよ。産んだだけで親になるわけじゃなくて、毎日毎日、『美羽《みう》、美羽《みう》』って何回も何回も名前呼びながら育てて……そうやって段々と、親子になってくのよね」

「……そっか」

　そこで私はふと思い出す。

「お姉ちゃん、前もそんなこと言ってたよね」

「うん？」

「ほら、美羽《みう》ちゃんが生まれたとき、私、病院で聞いたでしょ？　『美羽《みう》』って名前の由来はなにって？」

　思い出すだけで、少し笑ってしまう。

　そのときお姉ちゃんはこんな風に答えた。

　――由来なんてないわよ。

　――語感がいい名前。ただそれだけを考えたの。

「まさか、こんなざっくりとした感じだったなんてね」

「いいでしょ別に。だいたいね、名前の由来なんて全部後付けじゃない」

お姉ちゃんは溜息《ためいき》交じりに続ける。

「具体例は出さないけど……たまに他の人ん家《ち》の名前の由来とか聞かされてもさ、◯◯のように輝いてほしいとか、◯◯のように大きくなってほしいとか、いやそれ絶対名前つけてから由来の方を考えたでしょ、ってのが多いじゃない？」

「……まあ」

言いたいことはわかる。

具体例は出さないけど。

「名前なんてね、語感が一番大事なのよ、きっと。だって——これから何回も何回も、ずーっと呼ばれていくものになるんだから。呼んでて気持ちのいい名前が一番いいでしょ？」

「………」

「親の私は、たぶん他の人よりたくさん、この子の名前を呼ぶようになるだろうからね。だったらやっぱり、私が呼んでてしっくり来る名前にしないと」

「なるほどね」

「まあ人様の名付けに文句言うつもりもないけどね。私はそういう方針ってだけ」

そしてお姉ちゃんは、再び眠っている美羽《みう》へと視線を移す。

「ふふ。美羽《みう》はこれから、どんな子に育ってくんだろうな」

本当に至福そうに微笑《ほほえ》む。

そんなお姉ちゃんを見ていると、私も幸福で満ち足りた気分になった。

なんの根拠もない予感だけど——お姉ちゃんはとてもいい母親になる気がしたし、この母娘《おやこ》はずーっと仲良く幸せに生きていきそうだと感じた。

でも。

残念ながら。

なんの根拠もない予感は、悲しいぐらいに外れてしまうのだけれど。

意地悪な神様の悪戯《いたずら》で、お姉ちゃんが美羽《みう》の母親でいられた時間は、本当に本当に短いものとなってしまった。

気づけばもう、母親として過ごした時間は、私の方が長くなってしまっている。

『美羽《みう》』と。

語感のいい名前を呼んだ回数も、十年前でカウントが止まってしまったお姉ちゃんより、私の方が多くなってしまったかもしれない——

あれから——

びしょ濡《ぬ》れになっていた歩夢《あゆむ》くんが近くの店で服を買って着替えたり、美羽《みう》も改めて頭を下げて謝罪したりして。

そんなあれこれを済ませた後、私達は別れることとなった。

「狼森《おいのもり》さん、これからどうするんですか？」

なんとなく問うてみる。

和解した二人はこれからどんな楽しいところに向かうのかと思っていたが、

「会社に行く」

きっぱりと、狼森《おいのもり》さんは言った。

「え……か、会社？　今からですか？」

「ああ。実はさっきのトラブルだが……急場しのぎでどうにか誤魔化しただけで、なんにも解決していない。今すぐ戻って対処しないとまずい。なにを隠そう……さっきからずっと電話が鳴り続けている」

「……ちぇっ。結局そうなるのかよ」

歩夢《あゆむ》くんは拗《す》ねたように言った。

「まあ……許してやるよ。仕事じゃしょうがないし……こ、今度会うときは——」

「なにを言っている」

せっかくデレそうだった歩夢《あゆむ》くんの台詞《せりふ》を遮り、狼森《おいのもり》さんは言う。

「お前も一緒に行くんだぞ」

「……は？」

「私が仕事してる間、誰かに案内させるから、社内を見て回ってるといい。急いで仕事を片付けたら、その後なにするか考えよう」

「そ、そんなことしていいのかよ？　会社に、子供連れてくなんて……」

「私の会社だからな。誰にも文句は言わせん」

にやりと得意げに笑う。

歩夢《あゆむ》くんは唖然《あぜん》としていた。

そして私達に別れを済ませて、二人は去って行く。

歩いて行く途中、狼森《おいのもり》さんは強引に歩夢《あゆむ》くんの手を繋《つな》いでいた。

「は、はなせよ……恥ずかしいだろ」

「そうだ、歩夢《あゆむ》。お前がやってたソシャゲ、『トワイライトマスター』だけど」

「話、聞いてる⁉」

「あれ、作ってるのうちの会社だ」

「…………うえぇ⁉」

「まあ厳密にゲームシステム自体を作ってるわけじゃなくて、シナリオやキャラデザを担当し、監修してる感じだ。グッズとか会社に山ほど送られてきて余りまくってるから、欲しいのあったら持って帰っていいぞ」

「…………」

「あと開発の人が、中高生のリアルな声が聞きたいって言ってたから、今度、取材にでも付き合ってくれ」

「……す、すげえ。お母さん、そんなすごい人だったんだ……」

「ん？」

「あっ」

「今、お母さんって……」

「い、言ってない言ってない！　今のは違う！　間違った！」

「なにもそこまで否定しなくても」

「だって……や、やだろ、こんなポロッと言ったみたいなの……。どうせ言うなら、ここぞってシチュエーションで言いたいっていうか……」

「……わはは。さすが我が息子。なかなかエンターテイナーの素養あるようだな。将来が楽しみだよ」

どこかぎこちなさは残しながらも、それでも終始楽しげに会話を繰り広げつつ、二人は人混みの中に消えていった。

「よかったですね、あの二人」

「そうね」

　タッくんの言葉に頷《うなず》く。

「なんか上手《うま》くいきそうで」

「ほんとよ。狼森《おいのもり》さんもいつもの狼森《おいのもり》さんって感じだし」

　すると美羽《みう》が、これ見よがしに肩をすくめた。

「スーパー完璧超人だと思ってた狼森《おいのもり》さんも、子供のこととなると自分を見失っちゃったりするんだね。それだけ特別で、かけがえのないものってことか……」

　どこか感心したように美羽《みう》は言う。

「はぁーあ。なんか私も子供欲しくなってきちゃったなあ」

「ぶっ……」

　思わず噴き出してしまう。

「な、なに言ってるのよ、美羽《みう》。あなたにはまだ十年早いわよ」

「わかんないよー？　案外大学辺りで、うっかりできちゃうかも」

「ダメ。そんなの絶対ダメ。うっかりできちゃうなんて……そ、そんな計画性のないことは、お母さん、絶対許しませんからね……！」

「はいはい、わかったって。心配しなくても、しばらくはタク兄とママの子供で我慢してあげるから」

「な、なに言ってるのよ、もう！　そんな、私達はまだ、そういうのは……」

「ねえねえ。そろそろ行こうよ。結構時間すぎちゃったし、ディナーまであと二時間もないよ？　私の買い物の時間がなくなっちゃう」

大人をからかうだけからかった後、とっとと歩き出す美羽《みう》。

くぅ～……相変わらずこの子は、飄々《ひょうひょう》として……！

どうにか鼻を明かせないかと考えて——ふと妙案を思いつく。

「……タッくん、タッくん」

ちょいちょいと手招きして、思いついたことをこっそり耳打ちする。

タッくんは一種驚いた顔をするも、

「……いいですね、それ」

と乗ってくれた。

「ふふふ。でしょ？　でしょ？」

「……二人ともなにやってんの？」

怪訝《けげん》そうな顔で振り返った美羽《みう》に、私は言う。

「ねえ、美羽《みう》。あなたさっき、私達に手でも繋《つな》いだら、って言ってたわよね？」

「うん？　あー、言ったかも」

「だからお言葉に甘えて——手を繋《つな》ごうと思います」

「……へ？」

「ねえタッくん？」

「そうですね、綾子《あやこ》さん」

笑い合う私達に、美羽《みう》は露骨に戸惑いの表情を浮かべた。

「あ、そ、そう……まあ好きにしたらいいけど……できるだけ離れて歩いてね」

前を向いて歩き出し、距離を取ろうとしてくる。

私はそんな美羽《みう》に追いつき——そして、手を繋《つな》いだ。

タッくんと、ではなく。

娘の美羽《みう》の手を、強引に。

「……え？　えええ？　な、なにやってるのママ……？」

「言ったでしょ？　手を繋《つな》ぐって」

美羽《みう》は困惑した様子だったけど——直後、反対側からタッくんも手を繋《つな》ぐ。

「なっ……」

「まあ、たまにはいいだろ、こういうのも」

私達の間に挟まれ、両側から手を繋《つな》がれてしまう。

まるで、パパとママと手を繋《つな》ぐ、幼い子供みたいに。

「……いやいや、ないない。なにこれ。ちょっともうはなしてよ……」

ドン引きした様子で言いながら手を揺する美羽《みう》だったけれど、私もタッくんもがっちりと手をホールドして逃がさないようにする。

「ありえないんだけど……」

「まあまあ、いいじゃない。たまにはこういう親子っぽいことするのも」

「私、もう高校生なんですけど……。知り合いに見られたら死ぬって」

「ここは東京だから大丈夫よ」

「そうそう。旅の恥はかき捨てってな」

「恥って言っちゃってるじゃん、恥って……」

両サイドの私達が歩き出すと美羽《みう》も渋々と言った様子で歩き出す。

「はぁー……もう最悪」

顔を赤らめて心底鬱陶しそうに言う美羽《みう》だったけど、

「こんなに面倒臭いパパとママ、世界中どこ探してもいないだろうね」

口元は少しだけ緩んでいて、なんだか楽しそうにも見えた。

私達は三人、手を繋《つな》いで歩いていく。

どこにでもいる家族みたいに。

どこにもいない家族みたいに。

エピローグ

三人で美味《おい》しいディナーを食べて、サプライズで用意してくれていた名前入りのケーキで盛り上がって、二人からプレゼントももらっちゃって。

大いに盛り上がって最高だった三ピー回目の誕生日。

♥

その翌日。

美羽《みう》は午後一で帰ってしまったので、私達はまた二人きりとなり——そして夜には、二人きりでの誕生会が始まった。

「——綾子《あやこ》さん、誕生日、おめでとうございますっ」

「ありがとう……二回目だけど」

「いいんですよ、何回やっても」

楽しそうなタッくんと、やや恥ずかしい私。

嬉《うれ》しいは嬉《うれ》しい……でもやっぱり、ちょっと居たたまれない気分も。

もういい年なのに、二日連続で誕生日を祝ってもらっちゃうなんて。

テーブルには、オードブルやクラッカーなどのパーティー料理が並ぶ。

今日は私の希望により……全体的に量は少なめ。昨日、レストランでたっぷり食べちゃったからね。バランスを取らないと。

ケーキも結構小さめなもので、蠟燭《ろうそく》は一本だけ。

小さな火がゆらゆらと揺れている。

「じゃあ、蠟燭《ろうそく》の方を」

「はいはい。すぅー……って、ちょっと待って！　なんで動画撮ってるの」

「記念ですから」

「や、やめてよ、もう……吹き消すときとか、絶対変な顔になるから……。ていうかタッくん、昨日のレストランでも蠟燭《ろうそく》吹き消す動画撮ってなかったっけ？」

「記念ですから」

「えー……もう。わかったわよ……。ふぅー」

「おお」

「なんの『おおっ』なのよ、もう……」

楽しいやり取りの中、蠟燭《ろうそく》の火が消えた。

小さなケーキを切り分け、パーティーが始まる。

と言ってもまあ、二人きりだからそんなに大きく盛り上がったりはしないけど。

でも、それでも、十分すぎるぐらい幸せな時間――

「えっと……じゃあ、そろそろ」

食事開始から三十分ぐらい経《た》ったところで、タッくんが立ちあがった。

そして戻ってくると――手には綺麗《きれい》に包装された袋があった。

「えっ⁉　ま、まさか」

「誕生日プレゼントです」

「そんな……いいわよっ！　だってタッくん、昨日もくれたじゃない……」

レストランでちゃんともらった。

事前に店に渡してあったらしい。

ちなみに中身は――いい感じのアロマ。

実にオシャレな感じがしてとても嬉《うれ》しかった。

「昨日のアレはなんていうか……よそ行きのプレゼントっていうか」

「よそ行き？」

「人の目もあるレストランで渡さなきゃいけなかったし、なにより美羽《みう》も一緒でしたからね。あんまり変なものは渡せなかったんで、ちょっと気取ったものにしました」

「…………」

「どっちかと言えば、今日のこれが本命のプレゼントです」

「……まさか――」

私はつい、思ったことを口にしてしまう。

「エ、エッチなもの？」

「……っ」

タッくんはコケそうになった。

ズコッと。

「な、なんでそうなるんですか？」

「だって……だってぇ……」

美羽《みう》の前で渡せないとか言われたら、ついそっちの方かと……。

あー、ダメね、なんか最近、すぐ思考がアダルトな方に行っちゃう。

反省しなきゃ。

「エッチなものではないので、安心して受け取ってください」

「あ、ありがとう」

タッくんからプレゼントを受け取る。

「開けてもいい？」

「どうぞ。あー、でも……なんか『本命』とか言って、自分からハードルあげちゃいましたけど、そんな高価なものではないので、あんまり期待はしないでくださいね」

やや不安そうなことを言い始めたタッくんをよそに、包みを開いていく。

その中身は——

「わあっ、これ……もしかしてパジャマ？」

上下セットの、スウェットみたいな服だった。

色味は大人しめだけど、大変かわいらしいデザインとなっている。

「そうです、パジャマです……」

「へぇー、すごい、びっくり。ちょっと予想外だったかも」

なんとなく大人っぽいプレゼントが来そうな予感がしていたため、少し驚いた反応をしてしまった。

決して悪い意味で『予想外』と言ったわけではなかったのだけど、ちょっと言葉のチョイスが悪かったらしく、タッくんは不安そうな顔になってしまう。

「いろいろ考えたんですけどね……。付き合って最初の誕生日なんだから気合いを入れて、後々まで残るアクセサリーとかの方がいいかなとも思ったんですけど……でも、俺が無理してあんまり高いもの買っても、気を遣わせるだけな気がして……」

ぽつぽつと言いながら、タッくんは再び立ちあがる。

「あんまり高価なものは無理だけど、どうせ渡すなら毎日使ってもらえるものがいいなとか……あれこれ考えて最終的に、このタイプのパジャマになりました」

一旦寝室に入ってから戻ってくる。

その手には——新品のメンズのパジャマがあった。

私が今受け取ったものと、色味やデザインがそっくり。

「ま、まさか」

「そう……二人でお揃《そろ》いのパジャマです」

「えーっ、へぇーっ、わーっ、そ、そうなんだ……」

お揃《そろ》いのパジャマ！

なにそれ！

なんか……なんか、すっごくいい感じ！

「俺ら、外でお揃《そろ》いコーデとかはなかなか難しいじゃないですか。だったら、家の中でしちゃおうかと思って」

「タッくん……」

「それに——こんな風に綾子《あやこ》さんと一つ屋根の下で一緒に暮らせるのも、あと一ヶ月ぐらいですからね。向こうに帰ったら……今みたいに一緒に寝たりっていうのは、結構難しくなると思いますから」

「…………」

「だからせめて、帰った後でも、毎日一緒に寝てるような気分を味わえたらいいなと思って……。いやあの、一緒に寝るって言っても、決して変な意味ではなく」

どこか自信なさげなタッくんに対し、私はもう感動で言葉が出なかった。

嬉《うれ》しい。心の底から嬉《うれ》しい。

プレゼント自体も嬉《うれ》しいけれど、なによりこんなにも私のことを、そして私達のことを考えてくれていることが嬉《うれ》しい。

本当に本当に、愛されていると実感する。

こんなにも幸せで、本当にいいのだろうか？

「あの……喜んでもらえましたか？」

問うてくる彼に——私は思いきり抱きついた。

ギュッと。

ギューッ、と。

全力で抱き締める。

「えっと」

「これが答え」

「……あー、なるほど」

「伝わった？」

「喜んでもらえたようでなによりです」

「……うん。ありがとう。タッくん、大好き」

大好き。

以前までは口にするのも恥ずかしかったこの言葉も、だいぶ自然に言えるようになってきた。

でも言葉が安くなったとは思わない。

言葉が軽くなったとも思わない。

むしろ前よりずっと、大好きになってきてると思う。

どれだけ『好き』と言っても、どれだけ強く抱き締めても、どれだけ私が大好きかは伝わりきらないんだろう。

だったらせめて、できるだけたくさん抱き締めて、そして何回でも『好き』って言おう。この大きすぎる気持ちが、少しでも伝わることを祈りながら——

「ねえタッくん、このパジャマ、早速今日から着てもいい？」

「……あー。い、いいですけど」

「あれ？　なにその反応？」

「いや、その……せっかく新品のパジャマだから、あんまり汗とかで汚したくないなあと思いまして……」

「汗なんかかく？　寝るだけなんだから——」

そこまで言ったところで、相手の意図を察する。

顔が熱くなりつつ呆《あき》れてしまうような、複雑な気持ち。

「……もう、タッくんったら」

「あはは……」

「ちょっと元気よすぎない……？」

「まあ、せっかくの誕生日ですので」

「関係ないでしょっ」

くだらない冗談を言いながら笑い合い、そしてまた強くハグをした。

今年の誕生日は、間違いなく最高の誕生日だった。

あまりに幸せで、とにかく幸せ。

こんな同棲《どうせい》生活が送れて、本当によかったと心から思う。

…………。

だから。

まあ、なんというか。

要するに、浮かれていたんだろう。

浮かれて舞い上がって、有頂天になっていた。

私も彼も。

世界の中心は自分達で、世界には自分達しか存在してないんじゃないかと思ってしまうぐらい、幸せの絶頂の中にいた。

そんな極上の幸福感のために——私の身に次なるハプニングが襲い来る。

今後の人生を大きく左右する、とんでもないイベントが発生してしまう。

ネクスト
プロローグ

◆

十二月──

長いようで短いような、ママの三ヶ月の単身赴任が──まあタク兄と同棲《どうせい》しながらだったから、厳密には単身赴任とは言えないかもしれないけど……とにかく三ヶ月が経過した。

とうとうママが帰ってくる。

その日はなんだか、朝からソワソワして落ち着かない気分だった。

……まあね。

やっぱり……嬉《うれ》しい気持ちはあるよね。

お婆《ばあ》ちゃんが来てくれてたから、ひとりぼっちじゃなかったけど……やっぱり三ヶ月もこの家にママがいないと、なんだかんだ寂しい気持ちになることも多かったし。

もちろん。

そんな寂しかった感をママの前で出すつもりはないけど。

「──ただいまー。美羽《みう》、ただいまー」

ママは夕方頃に帰ってきた。

すぐさま玄関まで駆け寄っていきたい衝動に駆られるけど、待ち遠しかった感全開の態度を

表に出すのは恥ずかしかったので、

「おかえりー」

　とリビングから素っ気ない返事を送っておいた。

「ふぅー……こっちはもうすっかり寒いわね。東京は暖かかった……」

　関東と東北の気温ギャップを口にしながら、リビングに入ってくる。

「はあ、久しぶりの我が家だわ。なんか……懐《なつ》かしい。感無量」

「大げさだなあ。たった三ヶ月でしょ？」

「三ヶ月も、よ。もうちょっと単身赴任してくれてもよかったんだよ？」

「別にー。美羽《みう》だって寂しかったでしょ？」

「もうっ、そういう寂しいこと言って」

　頰を膨らませながら、ママは上着を脱ぐ。

　キャリーケースはひとまず玄関に置いてきたらしい。

　手にはお土産が入ってそうな紙袋と――ビニール袋があった。

「思ったより遅かったね」

「ああ、途中でちょっとドラッグストアで買い物してたから」

　と言って、持っていたビニール袋を掲げる。

「ふうん……。あっ。そうだ」

私は頼まれ事を思い出し、キッチンに向かう。

隅っこの方に置いておいた一升瓶を持ち上げ、テーブルでビニール袋を広げていたママに見せるようにした。

「はい、これ。お酒」

「え……。どうしたの？　これ？」

「お爺《じい》ちゃんとお婆《ばあ》ちゃんから。向こうのお祭りのなんかでもらったんだってさ。すごく高くていいお酒らしいんだけど、お爺《じい》ちゃんは好きじゃないからって」

「ああ、お父さん、ビールと焼酎しか飲まないからね」

ママは一升瓶を受け取り、しみじみとラベルを眺める。

「あー、これ、名前は聞いたことあるかも。結構有名なやつよ」

「ふーん、よかったね」

お酒に全く興味がないので、適当に返事をしておいた。

そのまま冷蔵庫から麦茶を取り出して、コップに注ぐ。

今日は久しぶりだから、ママの分も用意してあげようっと。

「はぁー、せっかくだから飲んでみたかったなあ……」

一升瓶を見つめながら口惜《くや》しそうに言うママに、首を傾《かし》げる。

「ん？　なんで？　飲めばいいんじゃないの？」

「……あー、えっと、その、なんていうか……しばらくお酒は控えなきゃいけなくって」

「なんで？　ダイエット？」

「ち、違うわよ……。ただ、まあ……状況が状況だからね。こういう状況になったらアルコールは控えるのが常識で……病院でもそう言われたし」

「びょ、病院……？　ママ、なんか病気なの……？」

「そそ、そういうわけでもなくって……」

煮え切らずな態度のママ。

私は不思議に思いながら、ふとママがテーブルに広げていたものを見る。

帰りに薬局で買ってきたらしいもの。

ひまわりコーヒー。

葉酸のサプリメント。

「…………」

私自身、もちろん経験はないが、しかしドラマや漫画などでその手の話について見聞きしたことはある。ひまわりコーヒー、葉酸のサプリ……これらは、特定の状況下にある女性がよく利用するもの。

おまけに。

アルコールが厳禁で、病院となれば――

「――っ⁉」

私はガバッと勢いよく振り返ってママを見る。

見る。もう、思いっきり凝視する。

「え……え？　ママ……ま、まさか……え？　えええ？」

衝撃のあまり、まともに言葉が出てこない。

私の狼狽《うろた》えた態度で察したのか、ママも大層気まずそうな顔となる。

数秒の沈黙の後、ゆっくりとお腹《なか》に自分の手を当てた。

優しく、包み込むように撫《な》でる。

「……できちゃった」

てへっ。

と舌を出して笑う。

このタイミングで精一杯の茶目っ気を出してきた我が母。

とてもまともなテンションでは報告できなかったのだろう。

「………………」

私はもう、魂が抜けてしまいそうになってしまう。動揺のあまりコップを落としてしまうけど、うちで使ってるのは割れにくさがウリのコップだったため、中身が零《こぼ》れるだけで済んだ。

なんだろう。

言いたいことがありすぎて一言では言えないんだけど――それでも言いたい。

一言だけ言いたい。

ママ。

大好きな大好きな私のママ。

あなた……なにしに東京行ってきたの⁉

最終巻は2022

あとがき

親と子は血が繋《つな》がってるのが世間一般で言う『普通』なのかもしれませんが、しかし実際問題、血の繋《つな》がりってなんでしょうね？　当然ながら日に見えるものではなく、専門的な検査をしなきゃ血の繋《つな》がりなんて人は確認できません。まあだからと言って軽視していいものではないと思いますが……そこまで絶対的なものではないんじゃないかなあ、と。血が繋《つな》がってないから本当の家族じゃないとか言い出したら、そもそも夫婦なんてただの他人ですしね。家族になるための必須条件ではない気がします。血が繋《つな》がってないから家族になれないわけじゃないし、逆に血が繋《つな》がってるからって無条件で家族というわけじゃない。

そんなこんなで望公太《のぞみこうた》です。

三十代ママとのラブコメ第六弾。同棲編クライマックス。描きたかった生々しい大人のラブコメをできる限り描けて大満足です。前巻のあとがきで述べた通り……電撃文庫編集部《でんげきぶんこへんしゅうぶ》と戦いながら頑張ったよ……！　めっちゃ戦ったよ！　それと……一巻からずっと綾子ママを支えてくれた狼森《おいのもり》さん。今回は彼女をたくさん掘り下げることができてよかったです。

唐突な告知。

超展開のネクストプロローグからなんとなく察した方もいるかもしれませんが——次回が最

終巻となる予定です。この作品で描きたかったこと、全てを描き切るつもりです。発売は2022年4月予定！　最後の最後までハプニング満載の二人の恋愛が行き着く先、どうかお楽しみください。

さらに告知。

この六巻とほぼ同じタイミングで、漫画第二巻も発売します！　漫画ならではの魅力に溢《あふ》れた素晴らしい作品となってますので、どうぞよろしくお願いします！

最後に謝辞。

宮崎《みやざき》様。今回もお世話になりました。『暇すぎてやることなーい。なんか仕事くださーい』とか調子こいてたのに結局ギリギリ進行になってしまって本当に申し訳ありませんでした……。

ぎうにう様。今回も素晴らしいイラストをありがとうございました。表紙がギリギリを攻めて最高です。

そして読者の皆様に最大級の感謝を。

それでは、縁があったらまた会いましょう。

望《のぞみ》 公太《こうた》

『仕事じゃなくて
ハネムーン
行ってきたの!?』♡
葉酸サプリ

『しごハネ』6巻です。

…嘘です。

『ママ好き』の6巻です。

とんでもないことになりましたね…？
毎回電撃文庫の限界を攻めすぎている気がしてなりません。

それはさておき
狼森さんの息子、歩夢くんとのエピソード
とてもよかったですね。
今巻はママたちが超いちゃいちゃ最高しつつも
今までフォーカスされてこなかったキャラクターたちが
今までに無い感じの表情をたくさん見せてくれて
描くのがとても楽しかったです。

次巻で終わり？？？　嘘でしょ？？？
まだ読みたい描きたいシーン（口絵妄想）がたくさんあるのに！
という気持ちではありますが、
ママたちの授かりゴールインがとてもうれしくも思います。

望先生の書かれるクライマックスを
華やかに彩れるようがんばります。
次巻もよろしくお願いいたします！

●望 公太著作リスト

「娘じゃなくて私《ママ》が好きなの⁉」(電撃文庫)
「娘じゃなくて私《ママ》が好きなの⁉②」(同)
「娘じゃなくて私《ママ》が好きなの⁉③」(同)
「娘じゃなくて私《ママ》が好きなの⁉④」(同)
「娘じゃなくて私《ママ》が好きなの⁉⑤」(同)
「娘じゃなくて私《ママ》が好きなの⁉⑥」(同)

本書に対するご意見、ご感想をお寄せください。

ファンレターあて先
〒102-8177　東京都千代田区富士見2-13-3
電撃文庫編集部
「望　公太先生」係
「ぎうにう先生」係

本書は書き下ろしです。

電撃文庫

娘《むすめ》じゃなくて私《ママ》が好《す》きなの⁉⑥

望《のぞみ》 公太《こうた》

◇◇◇

2021年11月10日　初版発行

発行者　青柳昌行
発行　株式会社KADOKAWA
〒102-8177　東京都千代田区富士見2-13-3
0570-002-301（ナビダイヤル）
装丁者　荻窪裕司（META＋MANIERA）
印刷　株式会社暁印刷
製本　株式会社暁印刷

●お問い合わせ
https://www.kadokawa.co.jp/（「お問い合わせ」へお進みください）
※内容によっては、お答えできない場合があります。
※サポートは日本国内のみとさせていただきます。
※ Japanese text only

※定価はカバーに表示してあります。

ISBN978-4-04-914098-9　C0193　Printed in Japan

電撃文庫　https://dengekibunko.jp/

電撃文庫創刊に際して

文庫は、我が国にとどまらず、世界の書籍の流れのなかで〝小さな巨人〟としての地位を築いてきた。古今東西の名著を、廉価で手に入りやすい形で提供してきたからこそ、人は文庫を自分の師として、また青春の想い出として、語りついできたのである。

その源を、文化的にはドイツのレクラム文庫に求めるにせよ、規模の上でイギリスのペンギンブックスに求めるにせよ、いま文庫は知識人の層の多様化に従って、ますますその意義を大きくしていると言ってよい。

文庫出版の意味するものは、激動の現代のみならず将来にわたって、大きくなることはあっても、小さくなることはないだろう。

「電撃文庫」は、そのように多様化した対象に応え、歴史に耐えうる作品を収録するのはもちろん、新しい世紀を迎えるにあたって、既成の枠をこえる新鮮で強烈なアイ・オープナーたりたい。

その特異さ故に、この存在は、かつて文庫がはじめて出版世界に登場したときと、同じ戸惑いを読書人に与えるかもしれない。

しかし、〈Changing Times,Changing Publishing〉時代は変わって、出版も変わる。時を重ねるなかで、精神の糧として、心の一隅を占めるものとして、次なる文化の担い手の若者たちに確かな評価を得られると信じて、ここに「電撃文庫」を出版する。

1993年6月10日
角川歴彦

電撃文庫DIGEST　11月の新刊　発売日2021年11月10日

続・魔法科高校の劣等生
メイジアン・カンパニー③
【著】佐島 勤　【イラスト】石田可奈

FEHRとの提携交渉のためUSNAへ向かう真由美と遼介。それを挑発と受け取る国防軍情報部は元老院へ助力を求める。しかし、達也にも策はある。魔法師の自由を確立するためマテリアル・バーストが放たれる——。

ソードアート・オンライン　オルタナティブ
ガンゲイル・オンラインXI
—フィフス・スクワッド・ジャム〈上〉—
【著】時雨沢恵一　【イラスト】黒星紅白　【原案・監修】川原 礫

突如開催が発表された第5回SJへの挑戦を決めたレンたち。そこへ、思いもよらない追加ルールの知らせが届く——。それは『今回のＳＪでレンを屠ったプレイヤーに１億クレジットを進呈する』というもので……。

ギルドの受付嬢ですが、残業は嫌なのでボスをソロ討伐しようと思います3
【著】香坂マト　【イラスト】がおう

業務改善案を出した者に「お誕生日休暇」が……!?　休暇をゲットするため、アリナは伝説の受付嬢が講師を務める新人研修へもぐりこむが——!?　かわいい受付嬢がボスと残業を駆逐する大人気シリーズ第３弾!!

ユア・フォルマIII
電索官エチカと群衆の見た夢
【著】菊石まれほ　【イラスト】野崎つばた

「きみはもう、わたしのパートナーじゃない」抱えこんだ秘密の重圧からか、突如電索能力が低下したエチカ。一般捜査員として臨んだ新事件の捜査で目の当たりにしたのは、新たな「天才」と組むハロルドの姿で——。

娘じゃなくて私《ママ》が好きなの!?⑥
【著】望 公太　【イラスト】ぎうにう

私、歌枕綾子、3ピー歳。タッくんと東京で同棲生活をしていたがひとつ屋根の下で生活していくうちに——恋人として一歩前進する……はずだった？

ドラキュラやきん!4
【著】和ヶ原聡司　【イラスト】有坂あこ

京都での動乱から二週間、アイリスがおかしい。虎木を微妙に避けているようだ。そんな中、村岡の娘・灯里が虎木の家に転がり込んでくる。虎木とアイリスが恋人だという灯里の勘違いで、事態は更にややこしくなり!?

日和ちゃんのお願いは絶対4
【著】岬 鷺宮　【イラスト】堀泉インコ

あれから、季節は巡り……日和のいない生活の中、壊れてしまったけれど続く「日常」を守ろうとする俺。しかし、彼女は、再び俺の前に現れる——終われずに続く世界と同じように、終われない恋の、続きが始まる。

新作
サキュバスとニート
～やらないふたり～
【著】有象利路　【イラスト】猫屋敷ぷしお

サキュバス召喚に成功してしまったニート満喫中の青年・和友。「淫魔に性的にめちゃくちゃにしてほしい」。そんな願いを持っていたが、出てきたのは一切いうこと聞かない怠惰でワガママなジャージ女で……？

新作
僕らのセカイはフィクションで
【著】夏海公司　【イラスト】Enji

学園一のトラブルシューター・笹貫文士の前に現れた、謎の少女・いろは。彼女は文士がWebで連載している異能ファンタジー小説のヒロインと瓜二つで、さらにいろはを追って同じく作中の敵キャラたちも出現し——？

新作
護衛のメソッド
—最大標的の少女と頂点の暗殺者—
【著】小林湖底　【イラスト】火ノ

裏社会最強の暗殺者と呼ばれた道真は、仕事を辞め平穏に生きるため高校入学を目指す。しかし、理事長から入学の条件として提示されたのは「娘の護衛」。そしてその娘は、全世界の犯罪組織から狙われていて——。

新作
こんな可愛い許嫁がいるのに、他の子が好きなの？
【著】ミサキナギ　【イラスト】黒兎ゆう

貧乏高校生・幸太の前に突如現れた、許嫁を名乗る超セレブ美少女・クリス。不本意な縁談に二人は《婚約解消同盟》を結成。だがそれは、クリスによる幸太と付き合うための策略で——？

新作
娘のままじゃ、お嫁さんになれない!
【著】なかひろ　【イラスト】涼香

祖父の死をきっかけに高校教師の桜人は、銀髪碧眼女子高生の藍良を引き取ることに。親代わりとして同居が始まるが、彼女は自分の生徒でもあって!?　親と娘、先生と生徒、近くて遠い関係が織りなす年の差ラブコメ！

二月 公
イラスト／さばみぞれ
声優ラジオのウラオモテ
#01 夕陽とやすみは隠しきれない？
オモテは元気＆清楚なアイドル声優／
ウラはギャル＆根暗地味子な女子高生!?
プロ根性で世界をダマせ!
バレたらアウトの声優ラジオ
Now On Air!!
第26回
電撃小説大賞
大賞
受賞
電撃文庫

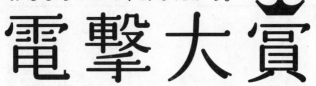